恋々歌

この愛を許して
もらえるでしょうか…

藤恵研 著

Parade Books

一

平成十七年五月の半ばを過ぎた土曜日の午後、才野木祥之は熱海駅で新幹線を降り、踊り子号に乗り換えるため在来線のホームに向かった。既にホームには伊豆に向かう客が相当数待っていた。指定席をとっているので慌てる必要はない。才野木は人々の後ろでホッと一息ついた。

踊り子号は定刻に入線してきた。三号車に乗り込むと、中ほどの席で由紀が背を伸ばして小さく手を挙げているのが見えた。才野木も小さく手を挙げる。並んで着席すると由紀はホッとした笑みをこぼした。

「……予定通りに、逢えたね」

由紀はうつむいて、小さな声で「ええ」と応えた。アイシャドウを薄く乗せた目元がすっきりと緊張している。才野木は一輪の白い花と、清流にはねる若鮎を同時に連想した。

◇

才野木が由紀と出会ったのは、東京に出張する新幹線の中だった。新大阪駅に滑り込んだときにはもう指定席の空きがなかった。やむなく自由席に飛び乗って、たまたま空いていた席を確保する。

京都駅で隣の客が降りて空席になった。京都駅でも指定席は売り切れていたのだろう、空いた席以上の客が乗り込んできた。その中に大学生の一組の男女があった。

男子学生は才野木の隣の席に女子学生を座らせ、自分は前の車両の席を取ったらしかった。何人かの客を立たせたまま列車は発車した。才野木の隣に座った女子学生、それが由紀である。四月のさわやかな季節、男子学生は半袖シャツにジーパン、由紀もブラウスにジーパンだった。おそらく若い二人は飛び跳ねるようにして京都の観光ポイントを楽しんできたのだろう。

才野木が「彼氏と席を代わろうか？」と申し出たのだが、由紀は微笑んで「いえ、結構です」と応えた。これが由紀との出会いであり、最初に交わした言葉だった。

それからは隣のよしみで言葉を交わすようになった。由紀は日帰りの京都旅行をした帰りで、彼は早稲田の四年生で、自分は清々女子大の四年生だと言った。

会話の波長が合って、来年の就職の情勢が話題になった。才野木にはそれなりの知識も情報もある。学生がもつ企業に関する興味や質問には的確に答えることができる。由紀はときに笑い、ときに緊張しながら才野木の話を聞いた。

列車が名古屋駅に着いたところで、隣が空いたのだろう男子学生が呼びにきて、由紀は軽い会釈をして前方の席に移っていった。

才野木は知らぬ内に眠りに落ちていた。声をかけられて気がつくと由紀が立っていて、隣に座ってもいいかと言う。列車は新横浜駅を発車したところで、才野木の隣は空席になっていたのだった。由紀は連れの男子学生は新横浜駅で下車したのだと言った。席を移るまで話題になっていた就職についての世情が再び話題になった。

新横浜駅から東京駅までは二十分ほどである。列車はすぐに東京駅に着いた。由紀は上野駅まで行き、常磐線に乗るのだと言う。

「じゃあ、上野まで一緒に行こう」

意図はない。会話の波長がそうさせた。二人は上野方面行きの山手線に乗った。

「岡崎由紀と言います」

「才野木祥之です」礼儀正しく名乗った由紀に、才野木も応えた。

電車が上野駅に着いてなお才野木は「さようなら」と言えなかった。常磐線に通じるコンコースの端でしばらく立ち話を交わしていたのだが、一応の区切りになったとき、由紀が訊いた。

「今日は、どちらのホテルにお泊りなのですか？」

「品川の『Ｋホテル』なんだ」

一瞬、由紀に沈黙が生まれた。当然だった。品川駅で下車するところを上野駅まで同行してきている。だが由紀に警戒心は見えない。

才野木は後ろ髪を引かれていた。このまま別れれば、この娘とはもう二度と出会うことはないだろう。そんな思いに支配されていたのだった。

才野木は思い切って訊いた。

「明日は、忙しいの？」

勇気のいる問いかけだった。紳士然としているくせに下心がある、と思われるのではないかという危惧があるのだ。一瞬、危惧は的中したと思った。一緒だった早稲田の男子学生のことが頭をかすめた。

「いいえ」

はっきりと返ってきた言葉に、訊いた才野木の方が一瞬戸惑った。

「……、明日、品川にこないか？　食事でもどうだい？」

「はい。何時がいいでしょうか？」意外にも由紀が即座に時間を訊いた。

「そうだな、ホテルに戻れる、午後五時はどう？」

「はい、大丈夫です」

「じゃあ五時に『Kホテル』一階のティーラウンジで。……楽しみにしてる」

「……はい」

そこで区切りがついた。

由紀は清々しい微笑を残してコンコースの曲がり角まで行き、振り向いて会釈をし、ホームに通じる階段に消えていった。

それから才野木は山手線に乗り、品川に取って返した。ホテルにチェックインしたときには既に午後十時をまわっていた。

才野木は夕食をとっていなかった。シャワーを浴びて缶ビールを開け、ルームサービスのサンドイッチを頬張っていると、別れた娘の空腹が気になった。何かご馳走してあげればよかった……。

部屋からは、車道を挟んだ向かいのビルの明かりの点いているオフィスが見えた。ここのところ才野木も忙しかった。睡眠も充分に取れていない。今日こそはゆっくり睡眠をとろうと思っていたのに、空腹を補っても眠気は一向に訪れてこなかった。大人げないが、由紀という娘との約束が仄かな緊張をもたらしているのだった。

ナイトランプを絞ってブランデーのミニチュア瓶を開ける。

才野木の会社にも若い女子社員は何人もいる。その新鮮な若さを目映く感じることはあるが、仕事上の枠を越えることはなかった。

仕事がらみで取引先の連中と飲む機会も多い。そんなときの酔った世間話では、「自分の娘と同じ年頃の女は小便臭い」と言う輩が多い。

由紀は女子大の四年生と言った。ということは二十一歳ほどだ。会話を思い返しながら、彼らの言うことは本音かと思った。少なくとも由紀に小便臭さは感じない。むしろその清々しい可愛らしさに心惹かれている。

とは言いながらも気がかりもないではなかった。四十二歳の自分とは父娘ほどの差がある。約束はしたものの、話を合わせてくれただけだったとも考えられるのだ。明日になれば約束も忘れられているかも知れない。認識のギャップという言葉が頭をかすめた。

才野木は浮足だっていることに少々気恥ずかしさを覚えた。だが約束は約束である。その時間にはティーラウンジに行ってみよう。再びブランデーのミニチュア瓶を手にして窓外に目をやると、いつのまにかオフィスの明かりは消えていた。

＊

翌日、予定を終えてホテルに戻ると約束にはまだ間があった。才野木はシャワーを浴び、新しいワイシャツに着替えて部屋を出た。

ここのティーラウンジは奥が全面ガラス張りになっていて、外側の壁一面に張り巡らした蔦の緑が美しい。席の間隔に余裕があって隣の話し声が聞こえにくいのも気に入っている。

才野木はガラス際のテーブルにいる由紀を直ぐに発見した。由紀は約束通りに待っていた。由紀も才野木が現れるかどうか不安だったのだろう。ホッとした表情に変わったのでそれと分かる。その表情はとてもあどけない。

由紀はフレアーのスカートにゆったり目のサマーセーターを着て、黒い皮ベルトの時計をはめて薄化粧をしていた。ごく普通の女子大生の私的なスタイルである。

才野木は緊張をひかないように親しげに声をかけた。

「待った？」「ええ、少し」

本当は随分と早くにきていたのだろう、レモンティーが空になっている。直ぐ夕食に移ろうかと思ったが、いかにも性急な気がして才野木はコーヒーを頼んだ。それからタバコに火を点け、大きく吸い込んでゆっくり吐き出してから言った。

「今日は暑かったたね。……忙しくて、ちょっとバタバタした」年甲斐もなく薄い緊張がある。体裁だけの物言いになった。コーヒーに口をつけたがアメリカンにするのを忘れていた。由紀はじっと才野木を見つめて黙って微笑んでいるだけだ。

「そろそろ、食事にしようか？　ところで何がいいかな？　キライなものはある？」

「いいえ、……何でも」

「じゃあ、ここのステーキハウスで、お肉でもどう？」

「はい」

ホテルの地階にカウンターだけのステーキハウスがあった。落ちつける店で今まで何度も使ったことがある。才野木は由紀をいざなって立ちあがった。

ステーキハウスはまだ空いていた。案内されたカウンターに由紀を奥にして並ぶ。鉄板をはさんで内側にコックが立った。

お任せしますという由紀の言葉を受けて、前菜はエビ、肉は好きなサーロイン、和風ドレッシングのサラダ、それに生のグラスビールをオーダーする。

取り敢えずビアグラスを合わせて乾杯した。

目の前でエビが焼け、肉が焼ける。取り皿に肉が載ってくるとやはり赤ワインが欲しい。だが才野木にワインの知識はない。

「赤ワインが欲しいけど、よく分からない。好みはあるかな？」

「……いいえ」由紀は恥ずかしそうに小さく首を振った。

才野木はボーイを呼んで言った。

「ワインが欲しいが、よく分からない。癖がなくて飲み易い、赤のグラスワインを」

「承知いたしました。お嬢さまは？」

「……同じものを」

この頃になって才野木に落ち着きが戻った。よく分からないので、癖がなくて飲み易い赤のグラスワインをと、気取らずに正直に口にしたことが、少しあった緊張から自分を開放したのだった。若い娘と一緒という意識からくる薄い緊張も、かくあらねばという気どりももう消えていた。

由紀も同じように緊張がほぐれたのだろう、ワインのお代わりをし、大学でのことを楽しく話題にした。母親とステーキハウスに行ったときのことも話題にして、「お勧めばかりをオーダーしたら、勘定が高すぎてびっくりした」と言って小さく笑った。他愛無い話題なのだが、話しぶりや表情が可愛くて、才野木は楽しく聞いた。また「母は五十歳だけれど、とっても可愛い人なの」と言った。五十歳の女性がどういう風に可愛いのか才野木には分からなかったが、頷いて聞きとめた。

一身上のことは何も知らない。何か訊ねると「はい」「ええ」と応じる由紀は、育ちもよく素直で、正直な娘以外の何者をも想像させなかった。素性についてほんの少しあった不安もいまではすっかり消えていた。才野木は清々しく楽しい気分だった。見ると腕時計は七時をまわっている。でももう少し一緒に過ごしたい。

デザートを終えて才野木が言った。

「三十分くらいお茶でもどう？　時間は大丈夫かな？」

「はい、大丈夫です」

ティーラウンジに移った。由紀は、京都に日帰り旅行をしたときのことや、女友達の一人が恋愛中であることなどを世間話程度に話題にした。どの話も仄々と才野木の耳を撫でる。

瞬く間に九時になった。

「こんな時間になった。今日はこの辺にするか？」

「……、はい」

才野木にとっては青年に戻れた時間だった。また逢いたいと思った。由紀もそう思っていたのだろう。半月ほど後の、才野木が上京する日の午後五時に同じティーラウンジでの待ち合わせを約して別れたのだった。

＊

約束のその日、由紀はティーラウンジで待っていた。

表情が輝いて見える。この日を心待ちにしていたに違いない。それは才野木も同じだ。

「やぁ、元気だった？」

「ええ」

「今日は何を食べようか？」

「この前のステーキでもいいですか？」由紀が即座に反応した。気取らずに率直なところが可愛い。

「もちろんだ！」

店は空いていた。前菜はエビと貝柱、サラダはお任せにして、メインはサーロインのミディアムレアを、由紀にはヒレのウェルダンをオーダーして、まずはビールで乾杯した。

二度目の食事である。肩を張る緊張感もない。もう気負いもない。もちろん気遣いもない。あるのは由紀という娘に対する淡いものだけだった。

「今日を、楽しみにしてたんです」

ビアグラスをおいて、由紀が小さな声で呟くように言った。才野木の胸を仄かなものがくすぐって過ぎる。独りよがりではなかった。「ボクもだ」

美味しい美味しいと言いながら、由紀はシェフが皿に載せてくれる前菜や肉を嬉しそうに口に運んだ。オーダーしたグラスワインの香りにのって打ち解けた時間がゆっくりと流れていく。

由紀はほんのりと目元を赤くしている。洋梨のシャーベットを平らげ、おなかに手を当てて「おなかいっぱい」と見上げるようにして言う。可愛い仕草である。

ステーキハウスを出て、ナイトラウンジに移った。

才野木はこのラウンジも気に入っていた。ティーラウンジもそうなのだが、フロアは広いのに席数が少なく、何よりも隣の話し声が聞こえてこないのがいい。それに一人掛けの革張り椅子も豪華で照明も落ち着いている。いつもながら、ゆったりとした時間がそこにあった。まだ他に客はいなかった。才野木はウイスキーの水割りを、由紀はカクテルをオーダーする。

最初のグラスを飲み切るころ一組のカップルが入ってきた。男は才野木と同じくらいで、女性は三十歳前後とうかがえた。なかなかの美形で誰でも振り向きそうな女らしさを漂わせている。

少ししてまた新たなカップルが入ってきた。落ち着いた中年の紳士に由紀と同じくらいの若い女性が同伴している。どこかのクラブの女性らしくやや派手な装いだが、目を引くものがある。

由紀は、一六〇センチほどの背丈でスタイルもいいが、まだ少女と女の間のような感じが強い。高校生のような幼さを感じさせる時もある。二十代の若い娘としては古いタイプと言えるだろう。だが涼しげな目、通った鼻筋、少し厚めの唇、そのいずれもが女の艶を秘めていた。いずれ淡い花びらを覗かせるに違いなかった。

ふと才野木は由紀のトーンが落ちていることに気がついた。大人げなカップルは由紀の目にも同様に映っていたらしい。それらの女を気にしているのだ。才野木の認識とは違って由紀には気になる比較であるらしかった。才野木が気遣った。

「どうだ、良かったら、ボクの部屋で一杯やるか?」「ええ」落ち着けなかったのだろう、由紀は即座に答えた。

才野木の部屋は十二階のセミダブルだった。フロアースタンドとナイトランプが健康的な明るさで二人を迎え入れた。

窓際には丸テーブルがあり、小さな一輪ざしが置いてある。それを挟んでデラックスなソファが二つ向かい合う形で置かれてあった。

由紀は真っ直ぐに窓際まで歩くと、顔をガラスにくっつけるようにして感嘆の声を漏らした。

「わぁ、きれい!」

十二階ともなると街の雑多な明かりも美しく煌いて見える。喧騒も聞こえてこない。

「開けておくのがマナーだろうけど、ドア閉めておくよ」才野木の断りに由紀が薄い微笑を返した。

ガラスの向こうの左方向では、帳を引き裂いてネオンがせわしなげに点滅している。空もぼんやりと明るい。右方向では、公園らしい暗く沈んで広がる一帯に、白い街灯が点々と浮き上がって見える。

ナイトランプだけに絞ると、夜景はより鮮明になった。

「ブランデーでも、どう？」

「……はい」

才野木がハーフボトルから注いだ二つのブランデーグラスをもって窓際に近づいても、由紀は窓外の夜景に目を凝らしたままだった。一つを差し出す。手にした琥珀色の液体が入った由紀のグラスにも、遠景のネオンが煌めいて見える。

才野木も横に立ってグラスを傾けた。熟成した甘い香りが漂う。と一方で、由紀のセミロングの髪からの微香が才野木をくすぐってきた。視線が由紀に移る。と、由紀の耳から肩につながるうなじが目を射た。仄かに甘い味のする衝撃がジワリと沁みて過ぎた。才野木はそれに衝かれた。

才野木は思わず由紀の頬に唇をつけたのだった。由紀は一瞬驚いて、次いで恥ずかしそうに微笑んだ。

ソファに移った由紀が、グラスを傾けながら小さな声で言う。

「恋愛中のお友達が、恋愛と結婚は別なのよって言うんですけど……、どう思われます？」

友人間の単なる話題とも聞こえる。由紀の心にある興味から出た言葉とも聞こえる。

「ま……いろいろあるだろうね」才野木は曖昧に答えた。

由紀が何かを求めているとまでは思わなかったが、強い興味を持っているのではないかとは思った。その興味に触れてみたい、という欲望がそのとき才野木をかすめたのは事実だった。

由紀は再び窓際に立って、煌めく遠い夜景に視線を泳がせた。才野木もグラスをおいて並んで立った。

夜景はひときわ濃くなっている。と、潜んでいた淡い色がまるで押し広がるようにして部屋の空気を染めていったのだった。淡かった色は次第に濃くなって、雲のように厚く部屋中を支配した。才野木はその空気に衝かれた。思わず由紀の頬に再び軽く唇をつける。由紀に忌避はない。

ごく自然な流れの中で、由紀の頬に被さった髪を寄せてやったのだったが、そのときうなじの奥にある小さなホクロを発見したのだった。隠されていた肌のそこを知ったことは、才野木に新しい衝動をもたらした。

今度はそっと唇を合わせにいった。だが由紀の唇は閉じられて固い。すぼめた肩は震えている。触れてはならないものに触れたのかも知れなかった。

才野木は後先を考える。娘を傷つけてはならないという倫理観も強い。そんなつもりではなかった。いや心の奥ではそんな期待もあったかも知れない。拙い思いが前後する。セーターに包まれた胸の、柔らかい感触だけが淡く才野木の胸板に残った。

由紀をソファにいざない、その目線に合わせてグラスを持ち上げると、由紀はグラスを手にして恥ずかしそうに微笑んだ。清潔な可愛い表情である。

「怒っては、いない、かな？」

「………」

「柔らかかった」才野木が人差し指で自分の唇を指して言った。

由紀の頬に濃い朱が滲んだ。初めての口づけだったのだろう。

「うなじの、ここに、小さなホクロがあった」と言葉を足すと、由紀の頬は更に赤く染まった。

由紀はうなじの奥にホクロがあることは自分でも知っていた。だが男にそこの肌を見せたことはない。躰の奥を覗かれた気がした。すると初めての今まで感じたことない羞恥が被ってきた。

才野木は、無垢の娘を傷つけてはならないと思う一方で、強い憧憬と衝動にかられていた。それを抑えながら言った。

「もう一度、キスしてもいいか？」

由紀はうつむいたままだ。返事はない。才野木はテーブルを回って娘を抱き上げた。一方的だが強引ではない。娘はまだ男の首に腕を回すことなどは知らない。片手で自分の胸を押さえ、片手で才野木のワイシャツとネクタイを強くつかんだ。

ベッドに下ろしても掴んだ手は離れなかった。才野木が優しく手を解いてやり、髪を払ってやると、娘の頬がぴくぴくと痙攣した。睫毛が震えている。初めて、処女、未踏、侵略、占領、そんな言葉が才野木の脳裏を稲妻のように走って抜けた。

才野木は優しく唇を合わせた。

だが娘の歯並びは崩れない。才野木は親指と中指で頬の上から優しく歯並びを割って、ゆっくり舌を差し入れていったのだった。その刹那、娘の躰がのけぞったかと思うと、硬かった力が一気に抜けていった。そこには濡れた舌が潜んでいた。

才野木は突き上がってくるものを抑えることが出来なくなっていた。若い娘を傷つけてはならない——そんな控えめな自覚はいつの間にか消えてしまっていた。

才野木の右手がセーターの上から娘の胸のふくらみをなぞる。固いブラジャーの輪郭が知れる。娘は才野木の手を抑えて抵抗を示したが、拒否を感じさせる強いものではなかった。

才野木は、唇を奪いながら、忍ばせた右手でブラジャーのホックを外す。

手のひらがとらえた滑らかで柔らかい乳房の触感は、たちどころに才野木の脳髄を打ちのめした。張りつめた柔らかいそれは右掌に余ってもいる。

セーターをたくし上げた才野木の視線は釘付けになった。乳房が実に豊かな隆起をなしている。頂点には小さな乳首が立ち上がっている。何と滑らかに張りつめた乳房だ。おそらくは誰の目にも晒したことのない、いま初めて自分が侵しているに違いないその隆起に才野木は感動した。

娘は顔をそむけて指を噛んでいる。胸は激しく波打っている。未知の戸惑いに必死に耐えているのだった。

才野木は開放されていたカーテンを閉めて明かりを絞った。隔絶された空間に一気に密室感が漂う。脱ぎ去るにも秘密を包むにも自然な、仄かに明るい柔らかな空間である。

由紀の頭と心は激しく回転した。

（……どうしよう。食事に誘われたときから、予感がなかった訳ではない。こんなことが起きるかも、とは思った。しかし一方では細い興味に惹かれてもいた。キスは初めてだった。甘かった。溶けていきそうだった。素の乳房を見られたときは、恥ずかしくて顔が焼けるように熱くなった。乳房に触れられた時には電気が走った。激しい動悸がして苦しい。これからどうされるのか怖い。でも胸が張り裂けそうなこの感じをなんと言えばいいのだろう。……一線を越えさせられるかも知れない、と思った途端に震えがきた。止まらない。どうしよう……、でも、でも……）

才野木が滑らかに隆起した乳房に唇を這わせたとき、若い娘の躰は反り返るようにのけぞった。才野木は、未踏の肌を侵略する幸福感と、緊張に耐えている娘の表情に血が噴出すほどに興奮した。

才野木の唇が下へ下へと移動して、小刻みに波打っている下腹部に下りたところで、娘の両手が才野木の頭を掴んだ。そして喘ぐような声で訴えた。

「ごめんなさい、ごめんなさい、今日はもう、ごめんなさい」そう言って、しがみついて泣きじゃくったのだった。

才野木は戸惑った。かわいそうなことをしたのかも知れない。猛る欲望は初心な娘には鋭過ぎたのだ。才野木は軽い口づけをして、泣きじゃくる由紀の髪の毛を右手の指で優しく梳いてやった。

ひとときを置くと、やがて由紀の混乱は過ぎた。由紀は取り戻した平穏さの中で顔をうずめたまま小さな声で告げた。「……あした、に、して」

明日なら許してくれるのかと訊いた才野木に、由紀は小さく頷いたのだった。時計は既に十一時を回っている。由紀は訴えるように言った。

「今日はお泊りできないの。何も言ってきてないの。今日は帰らなければいけないの」

頷いて微笑んだ才野木に、由紀はまた「ごめんなさい」と言ってしがみついた。

由紀の家があるという松戸までは、片道一時間あまりかかる。独りでも帰れると言ったが、「心配だから家まで送って、またホテルに戻る」と言う才野木の言葉を聞いて、由紀は嬉しそうに表情を崩した。

才野木は衣服を整え、由紀にも整えさせると、また帰ってくるとフロントに言い残してタクシーに乗り込んだ。車の中で由紀は才野木の肩に寄りかかっていた。疲れているのか、落ち着きに浸っているのか、才野木には分からなかった。

由紀はここから直ぐという所で車を止め、「あの角を曲がった所なので、もう大丈夫です」と言ったが、それでも由紀が角を曲がり切るまで見極めて、更に一呼吸おいてから才野木は車を引き返させたのだった。

「お客さん、いいですねぇ、若い子とお楽しみで……」と、運転手がひやかしたが才野木は応えなかった。

才野木は窓外を流れていく黒い景色に視線を泳がせていた。脳裏に娘の張りつめた乳房や、しがみついて泣きじゃくった表情が甦ってくる。明日はあの若い躰を占領する。未踏の女体に自分の烙印を押す。羞恥に染まりながら覚悟した娘はそれに従うだろう……。

三回目の逢瀬でこんなことになった。いやこんなことにしてしまった。きっと罪を作ることになるのだろうと思う一方で、才野木は既に娘の虜になってしまっていることを自覚するのだった。理性や倫理の壁が見えては消え、消えては見えた。

他方では、約束はしたものの冷静になった娘には躊躇いが生じるかも知れない、という懸念も頭をかすめていた。その躊躇いが増幅して、娘の明日の足を止めてしまうかも知れない。……そうなればここまでで終わることになるだろう。

彷徨している内に車はホテルに戻り着いた。鍵を受け取って部屋に戻り、シャワーを使ってベッドに入ったときには、既に二時を回っていた。

才野木は今日、帰阪する予定だった。だが一日延長しよう、部屋も広い部屋にしておこう、そんなことを考えている内に、知らず知らずに眠りに落ちていた。

＊

才野木が目覚めたのは昼近くだった。

カーテンを開けると昼の陽射しがいきなり飛び込んできた。よく眠ったなと思った。取り敢えず広い部屋に変更しておきたい。

フロントをコールする。部屋はとれた。三十階のダブルの部屋である。チェンジは何時でもいいということだった。

由紀との約束は午後一時である。別れ際に予定はないと聞いて、だったらランチを一緒にしようということにして、混みあう時間を避けて午後一時の待合せを決めていた。

才野木は手っ取り早く身支度をして部屋をチェンジした。新しい部屋は余裕のある広さで充分に落ち着けそうだった。

才野木は時間前に約束のティーラウンジに下りた。取り敢えずコーヒーを頼む。由紀は本当に来るだろうか？　逸っている自分の気持ちに少し戸惑いもある。ときめきには大人気ない気もしている。だがそこには青年に戻ったような新鮮な感動もある。

カップを傾けていると、近づいてくる一人の女がいる。由紀だった。髪にかるくウエーブをかけ、白いシルクのブラウスに薄いグレーのタイトスカートをはいて、中ヒールである。ツーピースの上着を腕に掛けた姿は別人のように大人びている。化粧も少し違うように見える。

由紀は腰をおろすと、恥ずかしそうに「昨日は有難うございました」と言った。礼儀正しい折り目がある。由紀が急に大人になったような気がした。

「何か、別の用件でもできたの？」

「えっ？　どうしてなのですか？」

「いや、ずいぶんとめかして、……別人みたいだから」

そんな印象を与えたことが嬉しかったのだろう、由紀は「他に予定はありません」と言ってはにかんだ。

冷たいものが飲みたいと言う。じゃあ店も空くだろうから、もう少し遅らそうということになった。

由紀は小一時間ほどのくつろぐ間に、昨日は遅すぎて叱られたこと、今日はお友達と会ったあと泊めてもらうと言って出てきたこと、昨日あの早稲田の男子学生から電話があったらしいが遅いので今朝電話をしたところ、デートの誘いだったので断ったこと、大学の講義もなく明日の夕方まで時間があること、などを才野木に告げた。

「彼、よかったの？」そのことに触れると、由紀は気乗りのしない表情を返した。

「そう、じゃあ、明日の夕方まで……ゆっくりできるんだね」

由紀は小さな声で「ええ」と応え、頬を染めてうつむいた。

時間をおいてホテルの外に出て、和食料亭にうどんすきを食べに行った。才野木が何度も使ったことのある落ち着いた店である。個室も空いていた。由紀は「こういうお店も、うどんすきも、初めて」と言った。本店は大阪にあって、うどんすきが看板であることを教えた。

「わたくしも麺類が大好き、長野にいたころは美味しいお蕎麦屋さんによく連れていってもらったの」

由紀が長野にいたことを才野木は初めて知った。由紀は続けて、小学校までは父親の生家の長野にいたこと、父親が亡くなったのを機に母親の出身である東京に出たこと、東京の高校を出ていまの女子大に入ったこと、今の父は母が再婚した義理の父であること、義父も再婚だが子供はいないこと、自分の子供のように可愛がってくれること、仕事はキャリア官僚であること、等々を話して聞かせた。そして「母は五十歳なのね、でもとっても可愛い人なの」とまた言った。

才野木は母親を想像し、義理の父親を想像して、いまの由紀を加えれば概ね家庭が想像できた。由紀はよく「はい」「ええ」と応える。家庭での習慣用語なのだろう。母親の上品な生活用語が想像できる。

昨夜送り届けた住宅地は、区画も広く、落ち着いた高級住宅地だった。通っている女子大もお嬢さま学校である。家庭の経済的な余裕が想像できる。だが料亭風のこんな店は初めてだと言う。娘には贅沢をさせず、節度を持って養育してきたに違いなかった。それに由紀にはいまどきの若者にはない折り目正しさのようなものがある。それが上品さに通じてもいる。堅実で良識的な家庭を才野木は思った。

ホテルに戻ったのは四時過ぎだった。

二時間あまりあの店にいたことになる。互いに心を解放した時間だった。部屋に入って昨日とは様子も違っているのに、由紀がそのことに触れることはなかった。

才野木はネクタイをはずし、ワイシャツの袖を一重だけ折り上げて、ソファの由紀の横に腰を下ろした。そしてそっと口づけをした。違和感のない自然な流れだった。

由紀はぎこちなく才野木を迎え入れた。そこには昨日と違って意志がある。濡れた舌は侵略されるままになった。躰は小さく震えている。才野木が襟筋のあのホクロに口づけすると、小さく震えていた躰はぶるぶると大きく震えた。

「……抱きたい」才野木が耳元で囁くと、由紀は乱れた呼吸を止めて小さく頷いた。

シャワーを勧めたが家で使ってきたからいいと言う。「じゃあ、待っていてくれ」才野木はカーテンを引き、灯りを絞ってから浴室に消えた。

才野木がバスローブで戻ってきたとき、由紀は窓際に立ってカーテンの隙間から街を見下ろしていた。近づいて肩を抱いて再び唇を合わせる。もう由紀の舌は絡められるままになった。

才野木は娘を抱き上げると、ベッドに運んで、ゆっくりと衣服を剥いでいった。素肌の娘の胸は爆発するのではないかと思うほど激しく動悸している。才野木はゆっくりゆっくり、大事に大事に乳房の隆起に舌を這わせ、やがてその乳首を占領した。

「ううう……」娘の口から噛み殺した声が漏れる。

才野木は優しく、優しく、少しずつ侵略を拡大していった。抗いのない必死に耐える裸身が小さな声で訴えた。

「こわさないで……」

（……二十一年間守ってきた肌を、いま初めて男に許そうとしている。覚悟もしている。でも肉体が破壊される恐怖がある。どんな世界に連れていかれるのか分からない不安がある。瞼を開けても瞳は定まらない。頬も躰も燃えているように熱い。鼓動は爆発してしまうほど速い。壊さないで……いやきっと壊される……）

「……由紀！」才野木は意図的に呼び捨てた。そして言った。「いいんだね」

一呼吸おいて消え入りそうな声が答えた。「……、ええ」

才野木は時間をかけて丁寧に、ほぐしてほぐして、さらにしだいて、娘の躰が崩れてしまいそうになったとき、静かに侵入したのだった。阻む抵抗を破りきったとき、硬いが豊かな肉体を割り裂いていく新鮮な実感が才野木を満たした。白い固かった蕾が真紅に散った瞬間だった。由紀は泣いた。

ひとときをおいてルームサービスの夜食をとった。漆黒の中に点々と灯る公園の街灯を眺めながら、バスローブのままでグラスを合わせてワインを干した。隔絶した空間での特別な意味を持った乾杯だった。

由紀はこの頃になって普段の由紀に戻った。小さな笑みを浮かべてワインが美味しいと言った。才野木はそんな由紀を抱きしめずにはおれなかった。同時に欲情に押されて影を潜めていた倫理が急に頭をもたげてきた。由紀という若い娘の躰を破壊してしまった。不幸にしてしまうことはないだろうか、と。

*

翌日、由紀は帰阪する才野木を東京駅まで見送った。

才野木は、この上なく由紀がいとおしく、別れて大阪に戻ることが切なかった。「ボクはいまから大阪に帰る。君は家に帰りなさい」と背を向けることが切ないのだ。今日ぐらいは寄り添ってやる支えが必要なのではあるまいか。あの張りつめた肌の感触も脳裏から離れない。もう一日延ばそうか。だが仕事の予定はそれを許さない。

逡巡する才野木に、由紀は「お仕事を大事にしてください」と言った。「その代わり、できるだけ近い内に逢って欲しい」とも言った。二人の約束は、熱海で合流して、伊豆に遊ぶことだった。

二

踊り子号は海岸に沿って南下していた。

才野木には、伊豆旅行が本当に実現するだろうか、という微かな不安があった。由紀も同じだったのだろう。合流したときのホッとした表情がそれを物語っている。だが約束はいま確かなものとなった。

東京で初めての夜を過ごしてから、二週間あまりが経っていた。落ち着かない、気を揉む長い二週間だった。その夜のことは脳裏にいまなお鮮明に焼き付いている。

軽い冷房の効いた座席から見る海の色や水平線に浮く雲の色が、五月の鮮やかさに映えている。映えて見えるのは窓外の景色だけではなかった。才野木の目にはことごとくが鮮やかに映るのだった。

外光を受けた由紀の表情は秘めやかに輝いて見える。白いブラウスを持ち上げている胸も立体的な陰りをなして想像をかきたてる。スカートから行儀よく覗いている膝も実に滑らかそうに見える。

一度奪った躰なのだが、才野木はいまだ新鮮な未踏の感じを受けるのだった。この旅先で再びこの躰を自分のものにする、そう思う才野木に秘めた高まりがつのってくる。

　電車は南に向かって走る。

「……どうしたの？　今日も大学へ行ってきたの？」才野木が荷棚においてあるベルトで止めた本とノートを指さして言った。

「あ、……図書館に行ってきたの」

「図書館？」

「ええ、図書館に行ってくるって……出てきたの」道理で由紀は旅行鞄らしき物を持っていない。

「でも、図書館からお友達のお家に行くって言ってあるの」

　由紀の説明はこうである。昨夜、義父の弟から電話があって訪ねてくると言う。義父は叔父に、久しぶりだからゆっくりして泊まっていけ、と言った。由紀にとっては会いたい叔父でもなく、家では落ち着けないので、叔父のくる前に家を出て図書館に行くことにした。そして図書館の延長線で、お友達のお家に泊まることにしてきたのだと言う。

「だから旅行のことは知らないし、疑われてもいないの」と付け足して言った。

「そうか、嘘を言ったのか」

「でもね、でもね、全部が嘘じゃないの。本当に図書館に行って、卒論原稿を頑張っていたの」わざと意地悪に言う才野木に、由紀は必死になって抗弁した。

「それで、卒論の方は進んだの？」

由紀は頬を膨らませて拗ねて見せた。男と旅に行くのだ。親を欺く呵責がある。葛藤もある。何かの筋立てが必要だったのだろう。作られた口実は幼稚な気もするが、それくらいしか思いつかなかった由紀の心を思うと、才野木の心もわずかに痛んだ。

「後悔してないか？」

「ええ、……してない」由紀は視線を落とすと、頭を才野木の肩にゆだねた。


才野木はつくづく思う。出会いとは不思議にして測れないものを含んでいる——。

（……今まで由紀のような年頃の娘には距離を感じていた。自分がというよりも、若い娘からみれば相当な距離感があるだろうと思っていたのだ。だが由紀との出会いは男と女として結実した。かけがえのない物に手が届いた。今その充足感に満たされている。しかしその一方で、二十歳以上の年齢差があるという意識、その若すぎる由紀を砕いていくことの罪の意識、が心に重く横たわっている。由紀にとってはどうなのだろう。異性というよりも、父親に接するに似た感覚なのかも知れない。そうだったのなら、後悔が生まれていることも考えられた。だが由紀は後悔していないと言った。

そしてこうして一緒に南に向かっている。出会った運命は更に新しい運命に向かっている……)

旅先の候補地としては便利な熱海も考えた。だが、熱海はいかにも観光地化し過ぎていた。知り合いに会う危険性も高い。もともとこの旅ゆきは観光が目的ではない。旅先で開放された二人だけの時間を密かに過ごすことが目的なのだ。下田は少し遠いのだが、その意味では落ち着けそうな気がした。

それに宿の『旅荘・松洋亭』も団体用の旅荘ではない。最高級の落ち着いた料亭旅荘ということだった。

電車は伊豆半島南端の下田駅に着いた。

『旅荘・松洋亭』は駅から車で十分程の所にあった。さすがに落ち着いた構えで風格がある。海に臨んで、一部は二階建てだが殆どが平屋の数奇屋風の造りで、広大な敷地には歴史を思わせる庭を配し、松の古木が周囲を囲って外界と遮っていた。

下足番の老人に案内されて踏み入った三和土は、石のように叩き込まれていた。玄関の上りかまちも厚い一枚板で磨き抜かれて光っている。

女将が独り座して二人を迎えた。才野木はホッとした。女将が独りで静かに迎えてくれたことに救われたのである。観光旅館や観光ホテルは大勢の仲居が打ち揃って迎えることが多い。それはそれで歓待されている気もするのだが、好奇の目に晒されている気もする。自分と由紀とでは誰が見ても好奇心に駆られるだろう。自分はいいのだが、由紀の心に好奇の目が傷を残さぬようにしてやりたいのだった。

二人を部屋に案内してくれた五十代くらいの仲居にも配慮があった。事情を見抜いた上で、気を遣わなくて済むように取り計らってくれているのがよく分かる。仲居は才野木のことを「お客さま」と呼び、由紀のことを「お嬢さま」と呼んだ。ともに抵抗がなかった。

部屋から望む大海原は、東から南に一部は西の方角にまで広がっていたが、ちょうど夕陽が沈まんとするところで熟れた朱色に染まっていた。

「わぁ、きれい！」由紀が感嘆の声を漏らした。それほど茫洋と広がった海は朱に染まっていた。

部屋は三室を配した和室である。

部屋付きの浴室には、一方を大海原に開放した露天風呂が付属していた。才野木は二人してその露天風呂の趣に浸りたかったのだが、さすがに由紀は躊躇いをみせた。そこで由紀は部屋付きの露天風呂を、才野木は独り大浴場の露天風呂を楽しむことにした。

才野木が踏み入った大浴場の露天風呂から見る夕陽に染まった大海原は、どこまでも果てしなく、まるで無限の別世界だった。

やがて陽は半分が海に、半分が岬の先端にかかって沈んでいった。代わってたそがれが訪れた。光彩を失ったそこは、更に広大な無辺の空間だった。

才野木は、日常から離れて限りなく解放されている自分、を実感した。由紀も同じ情感に浸っているに違いなかった。

部屋に戻った才野木を、湯上り姿の由紀が迎えた。由紀は、薄化粧をして男に湯上りの素顔を見せない女のたしなみ、をまだ知らない。しかし若い娘の湯上りの素肌ははちきれるばかりに美しい。素朴で健康な美しさである。才野木は眩しく見た。

二人は海の恵みに舌鼓を打った。

由紀は一品ずつ運ばれてくる会席料理に何度も美味しいと感嘆し、高価そうな器や上品な盛り付けに、驚いたり感心したりした。すべてが珍しく新鮮だったのだろう。

席が引かれて二人きりになった。別室には夜具も整えられている。大海原も漆黒の世界に沈んでいた。

部屋が明るいと海は見えない。部屋の灯を落とすと闇が持つ明るさだけの空間が生まれた。

大海原の遥か彼方に漁火がゆっくりと動いていくのが知れる。

ソファでそれを眺めていた才野木が、水割りを飲みたいと言うと、由紀は同じ物を二つ整えてテーブルに置いた。由紀が才野木の為にした最初の世話である。水のような水割りだったが、才野木は黙って飲んだ。やや置いて墨の世界を眺めていた才野木が言った。

「……由紀」才野木に向いた由紀の視線は素直で若々しい。

「二人きりになったね」

「……、ええ」

「思い出に残る夜にしたいね」

「……ええ」

「今日は、ボクの言うとおりに、してくれるか？」

一瞬何のことかと、そんな表情を見せた由紀だったが、一呼吸おいてから「ええ」と応えて頬を染めた。才野木は少しあった躊躇いを押して、思い切って言葉にした。

「由紀の裸の姿が見たい。

「！　……」思いもよらなかったのだろう。うつむいている由紀に言葉はない。

「どうしても、見たい。立って！」

由紀の激しい動悸が才野木に聞こえてきた。戸惑いと羞恥に襲われているのだ。それでも才野木は促した。

「頼む、立って！」才野木の言葉に釣り上げられるようにして、由紀がそろそろと立ち上がる。

「……浴衣を、脱いで見せてくれ」

爆発しそうなほどに激しい動悸と、焼けるような羞恥が、覆い尽くすようにして由紀を襲った。

（……どうしよう。東京のホテルで裸にされた。そして全身をその視線に晒した。そして抱かれた。しかしそれは行為をうけたものだった。だがいま求められているのはそれとは違う。浴びる視線の中で、自分で浴衣を脱いで、立ち姿のままで全裸を晒せ、と言われている。何でも求められるとおりに応えたいとは思う。でも……。でも……。激しく早鐘を打つ胸が苦しい。全身が焼けていくように熱い……）

「由紀、見せてくれ！」才野木の優しい言葉が促した。

由紀はその言葉に釣られるようにして、ゆっくりと浴衣の帯に手をかけたのだったが、その手を止めて躊躇い、心の中をさ迷い、恨めしそうに才野木を見た。

しかし由紀のそんな羞恥の躊躇いは、むしろ才野木を強く刺激した。衝動がさらに才野木を突き上げた。どうしても由紀自身の手で裸にさせたい——。

才野木は遊んでいるのでも、意地悪をしているのでもなかった。まだ硬い由紀の感性とその躰の全てを、自分の羽交の中で開かせ、その開いていく様を確認しておきたい、のだった。無垢の娘が脱皮していく過程の全てを自分のものにしたいのだった。

「……由紀」才野木の再び優しい声が促した。

躊躇っていた帯がゆっくりと静かに落とされた。切羽詰った由紀の胸を打つ音が、激しく才野木の耳を打つ。それでも才野木は促した。

「頼む、由紀……浴衣も脱いでくれ」

羞恥と躊躇いを飛び越えて、由紀の浴衣がはらりと落とされた。闇明かりの中に白い裸身が浮き上がる。その刹那、才野木は脳天が爆ぜて強烈な炸裂が走り抜けるのを覚えた。

障子に縋って耐えている娘の裸身は、才野木の唇が滑る度に折れて崩れそうになった。そして唇が太腿の谷筋を進み、秘芯に触れた途端に崩れ落ちたのだった。

抱きかかえて寝室に移った才野木は、行灯の仄明かりの中で、震えながらそれでいて全てを許そうとする娘の裸身をゆっくり占領していった。由紀は今日も苦痛を訴えた。夜の帳は音も無く二人の秘密を包んでいく。

＊

翌朝はすばらしい快晴だった。窓から爽やかな潮風がそよぎこんでくる。凪いだ大海原の水平線には一片の雲もなく、空の碧がはるばると続いていた。

二人はゆっくり目の朝食をとった。昨夜の記憶が甦るのか、由紀の表情に仄かな気恥ずかしさが滲んでいる。才野木には尚更のこと可愛くていとおしい。

二人は、海辺のスポットからスポットへの道すがら、洒落たテラスで軽いランチとお茶を楽しんだ。渡る潮風に二人を溶け込ませて、時間はゆっくりと流れていく。


宿に戻ったのは午後の三時頃だった。

今夕は一緒に部屋付きの露天風呂に入る――海辺に遊びながら由紀も応諾していた。世界は徐々に二人を慣れ馴染ませていく。

才野木は先に浴室に入るように由紀を促した。「では向こうを向いていて欲しい」と由紀が言う。才野木は背を向けて待った。戸が閉まる音を聞いて振り返った脱衣室には、由紀の姿はもうなかった。

ややおいて浴室に入り、露天風呂に通じる戸を開けると、バスタオルを巻いたまま浴槽に浸かっていた由紀が反射的に叫んだ。

「だめっ！　やっぱりだめ！　こんなの、……ごめんなさい」

才野木は優しくたしなめた。子供ではない。それに二人して旅にきているのである。由紀は小さな声で素直に詫びた。

それでも才野木が浴槽に足を浸け入れると、角の隅に身を固めて、なお馴染めない拘りを示した。打ち解けていく心にも、変わりつつある肉体にも気づいてはいる。だが由紀の感性は、男に躰を許した分量まではまだ解放されていないのだった。

才野木はかまわず近寄って肩を抱いた。そして唇を合わせた。由紀の官能がゆっくりと溶けていく。連れるようにして、固まっていた躰から力が抜けていく。肢体がくねって、巻いていたバスタオルが流れるようにして湯の中で落ちた。それからは、湯に浮いた裸身を重ね合い、火照る頬を五月の風に晒し、遠く海原を眺め、湯と遊んで過ごした。


夕食は早めにとった。

翌朝は発たなければならない。それだけに、才野木も由紀も今宵は納得できる夜にしておきたかった。仲居が「夕風を楽しんで貰う為に金魚すくいが用意されていますよ。今日は泊り客も少ないし、お遊びにいらして下さいまし」と勧めてくれたが辞退した。

たそがれを待って早々に床に入った。

才野木は今日も由紀の全てを感じとりたかった。全身をやさしく踏みしだいてから、ゆっくりと貫いた。由紀はそれほど苦痛を訴えなかった。初めてのことである。

「今日は大丈夫みたいだね」

「……、ええ」細い、小さな、霞むような声が応えた。

才野木は静かに女に変身していく女体を実感していた。

「君は女になろうとしている。君を女にするのは、ボクだ」と言う才野木の言葉に、由紀は「ええ、そう」と、今度は強い言葉を返した。自分の中でもはっきりとした認識が生まれているのだ。

言葉は血を熱くする。才野木は極限を迎えて静かに爆ぜた。由紀に肉の悦びはまだ生まれてこない。だが才野木も由紀も、ほんの少し溶け合って一体になったような気がした。

＊

翌朝は早発ちだった。

仲居が朝食にとサンドイッチのお弁当を持たせてくれた。才野木は電車の中でそれをつまみながら、優しい配慮で見守ってくれた宿と仲居に感謝した。かけがえのない、いい時間を過ごさせてくれた――。

熱海で別れて才野木は大阪へ、由紀は東京へ戻るはずだった。だが一緒に東京まで戻った。熱海では別れられなかったのである。東京駅の八重洲でお茶をした。真正面から才野木を見つめて由紀が言う。

「また、何処かに、連れて行って下さる？」

だめだ、これ以上踏み込めば自分をコントロールできなくなる——才野木の心の中で薄い冷静な自覚が囁いた。ここで踏み止まってやることが由紀という娘への思いやりではないか——という倫理も囁いている。

だが運命は既に加速し始めていた。心の焔はさらに大きな焔を求めていたのだった。

「そうしたいが、いいのか？」言って才野木は由紀の目を見た。

「……ええ」由紀は目を伏せて応えた。

迷いながらも、才野木自身ももう欲求に勝てる状況ではなかった。けじめをつけられる状況にはなかったのである。

「七月の、大学の夏休みに、一週間程度の北海道旅行をしないか？」

才野木は思い切った計画を切り出した。漠としていた願望からふっと湧き上がってきた発想だった。伊豆の二日間は濃い時間だった。だが共に過ごしたと言うには短すぎる時間だった。

「一週間！　本当なの？」

「ん、本当だ。二日間は短かった。都合が、悪いか？」

「ううん、本当はそうなれば嬉しいけど、本当に、いいの？」由紀の一直線の視線が、才野木の瞳を見た。

「何を心配しているの？」逆に才野木が由紀の瞳を見て訊いた。

「だって、そんなにお仕事を空けていいのかなって……それにお金も」

才野木に思わず笑みがこぼれた。由紀がそのまま言葉になったような気がしたのだ。

「由紀は、そんなことを気にしていたのか」

「だって……」

「大丈夫だ。仕事もお金も心配は要らない」

世間ずれした女だったなら、体裁を繕った言い回しに聞こえただろう。だが由紀にそんな思惑はない。尚更に可愛い。

「嬉しい。夏休みの間だったら時間はどうにでもなるの、連れて行って」由紀の瞳がキラキラと輝いた。

「そうしよう」

「きっと、約束は守って下さる？」

「もちろんだ」

由紀の心の中に光が射した。

（……良かった。やはり才野木さんも、自分の気持ちと同じくらいの気持ちを持ってくれていた。引き込まれた世界は、奪われたとか、捧げたとか、そんな表現では軽すぎると思うくらい、深く濃いものだった。求められるままに全てを投げ出した。それなのに才野木さんの自分に対する思いの程がまだ測れていなかった。でも一週間にも及ぶ北海道旅行を切り出してくれたことで、自分に向いてくれている気持ちの程が分かったような気がする。自分と同じくらいの気持ちを、才野木さんも持ってくれていた。良かった……）

もし才野木が倫理と良識の壁の前に立ってここで終わらそうとしていたら、由紀は才野木の心の底を知ることはなかったかも知れない。

北海道旅行については由紀が下調べをすることになった。それに基づいて日程を決めることを打ち合わせてから、才野木は新幹線の人となった。

◇

伊豆から戻る由紀を、心配しながら両親が待ち受けていた。

土曜日は友人の家に泊まって日曜日には帰宅すると聞いていたのに、日曜日の深夜になっても戻らない。連絡もない。いままでに無かったことである。両親は気を揉んだ。

母親がその友人の家に電話をかけてみる。

「もしかして、由紀は、そちらにはお邪魔していないのでは？」

「……、いえ、そんなことは……」友人の言葉が詰まって、息を飲む音が受話器から漏れてきた。仕掛けは母親にも推測できた。

「由紀がまだ戻らないので心配しているの。本当のことを教えてくださらない？」

「えっ、今日も、戻ってない、んですか？」

「そうなの。無事ならいいのだけれど……。こんなこと初めてなので、何かあったのではないかと」

「どう、しよう……」友人に混乱と不安が湧いた。

「由紀から連絡があったら、必ず家に電話を入れるように言って下さらないかしら」

「分かりました。由紀ちゃんを叱らないで下さい」

と、言うことは……。

これ以上、友人を問い詰めることは気の毒だった。友人にも答えようがないのだ。由紀の親しい友人である。根は正直だった。由紀を庇いながらも困った様子が手に取るように分かる。

親には打ち明けることができない男との関係が生じているのかも知れない――母親の直感

だった。おそらく土曜日からその相手と一緒に違いない。嘘をつけない正直さから電話もできずにいるのだろう。母親も女である。直感は確信に変わっていった。

由紀も大人になった。帰宅したらどう扱うべきか、あれこれと母親の思いは馳せた。

由紀が家に戻り着いたのは、月曜日の夕方である。

父親は激怒した。義理であるがために立たねばならない立場もある。しかし基本的には、母親には妥協できても、義理とは言え父親には妥協しにくい分野なのである。

由紀は辛い責めの時間を耐えねばならなかった。でも後悔は湧いてこなかった。むしろ伊豆でのことが思い出され、才野木に早く逢いたいとまで思うのだった。解放されて自分の部屋に戻った由紀に、母親が肩に手を置いて小さな声で静かに言った。

「これからは、わたくしには、本当のことを言ってね」

由紀は黙って頷いた。

「早稲田の、何て言ったかしら、何度も電話があったわよ。お友達のお家に行っているって言っといたけど、明日、電話をさせると応えといたわよ」

京都に日帰り旅をした早稲田の学生のことは母親も承知していた。その彼からの電話のことだった。

これで今回の相手がその彼ではないことが知れてしまった。彼にも彼の知らない行動をしてきたことが知れてしまった。

だがそんなことは由紀にとってはどうでも良かった。彼も良い人ではあるが、今は才野木が気持ちの全てを占めている。

＊

翌朝、由紀は男子学生の自宅に電話をかけた。

彼は苛立ちながら待っていた。最近の由紀には不信感をつのらせていたらしい。会って話したいと言う。

由紀の気持ちはすすまなかったが、このままで終わりにするのも不義理な気がした。それに早く帰っても、しばらくは家の雰囲気も気まずい。大学の終わる四時に渋谷で待ち合わせることにした。

駅の近くの安いコーヒーショップで会った。いつもそんな店で待ち合わせていた。雑然としていて騒々しいが、大学生の利用しやすい店だ。

いままで何とも思わなかった店の雰囲気が、今日ばかりはやけに騒々しく、落ち着きの無さを由紀は強く感じた。彼と才野木とでは何かが違う。会う場所やコーヒーの良し悪しはどうでもいいことだが、やはり才野木といるときの落ち着きや大人っぽさが居心地いいのは事実だった。

セルフサービスのコーヒーを運んできた彼が言った。

「最近どうしたんだ。電話もくれないし、会ってもくれないし、何かあったのか？」

「…………」由紀は説明しあぐねていた。

だから即座には答えられなかった。彼はそんな由紀に苛立ちをつのらせた。語気を強めて更に問い詰めようとした。振り向けば隣の客の背中に当たりそうなほどに詰めて椅子が配置された店だ。深刻な話などできる雰囲気ではない。由紀は躊躇いながら、なお黙っていた。

彼は更に語気を強めた。由紀には特別な感情を持って付き合ってきた。それなのに最近は明らかに距離を感じる。連絡すら取れないことがある。一体全体どうしたというのだ？

そんな彼の気持ちは由紀も理解している。だが正直な気持ちを言えば、いまや彼に対しては心が伴ってはいない。それはそれで仕方のないことで、いつか彼に対しては誠実にピリオドを打たなければならないと思っていた。しかし彼の一方的な語気の強いスタンスに言葉を押し留められてしまった。重い心に更に負担が重なってくる。一緒にいることに苦痛がある。

「ごめんなさい。……わたくし」と言いかけたとき、業を煮やしていたのだろう、由紀の言葉を引き取って彼の方から宣言した。

「ボクたち、終わりにしよう。君のことが分からなくなった。もう終わりにしよう」

由紀にとっては思いがけない展開になった。自分の終わりにしたい気持ちをどう説明しようかと戸惑っていた矢先である。それが……。

由紀に再び同じ宣言をすると、彼は立ち上がった。どちらのカップにも湯気の立つコーヒーが半分以上も残っている。

駅までの道でも言葉は交わさなかった。駅に着くと彼は軽く手を挙げ、そのまま振り向きもせずに改札を抜けていったのだった。男が女を切り捨てていく感じだった。

大した深みのあるつき合いではなかったが、男と女の関係というものについてその頼りなさを由紀は強く思った。

彼に対する心情が消えてしまったことに罪悪感もないではなかったが、彼の中にもまた自分がどれほども存在していなかったことを知った。男と女の関係とは所詮こんなものなのか……。

由紀はこんな別れ方でいいのかとも思い、これでいいのだとも思った。自分から誠実にある程度の事情を説明して別れるつもりでいたのに、性急な彼のペースにそれができなかっただけなのだ。

辛くも悲しくもなかったが、由紀には淡白な人間関係の味気無さだけが残った。しかし身軽になったような、肩の荷が下りたような、そんな心境でもあった。

彼との関係が白紙に戻ると、才野木の存在がより大きく、より濃くなっていくのを実感した。

この頃は、まだ携帯電話はそれほど普及していない。定められた曜日の、定められた時間に、才野木から由紀の自宅に電話をかけてくれる約束である。

由紀はその日には必ず家にいて両親には気づかれないようにして、それとなく電話機のそばで待った。

だが、定められた日は通り過ぎているのに才野木からの電話が入らない。由紀の中で別れた彼と才野木の音信不通とが重なっていった。

才野木との関係も同じように、やはり淡白で頼りないものだったのだろうか。いやそんなことはない。と信じてはいるが、寄せては過ぎていく夕闇が重なるたびに、由紀は寂しさが広がるのを避けられなかった。

◇

才野木は大阪に戻ってから多忙を極めていた。

伊豆旅行から帰ってみると、会社がある事件に巻き込まれてしまっていたのだった。その調整と後始末に奔走させられていたのだ。やっと片付いたときには二週間あまりが経ってしまっていた。その間は由紀に電話もできずにいた。

手帳のメモによれば、由紀と申し合わせていた電話連絡のタイミングは週に二回、言えば三日おきだった。

その日が何度か通り過ぎていることは分かっていたが、タイミングがつかめなかった。三日後がその日に当たっている。トラブルは片付いた。三日後のその時間には電話を入れて久しぶりに由紀の声を聞こう、と思うと才野木は年甲斐も無く待ち遠しい思いに駆られた。

明日がその日だと再確認をした日の朝、出社した才野木のデスクに一通の手紙が置かれてあった。由紀からの封書だった。昨日届いたものらしい。達筆ではないが女らしい優しい字体である。てっきり北海道の計画のことだろうと思った。開けてみた。三枚の便箋にびっしりと文字が埋まっている。

——この前の伊豆は、記念に残るいままでで一番楽しい旅でした。あっという間に終わってしまったのが悔しいくらいでした。一生忘れられない思い出になりました。本当にありがとうございました。

東京に戻りましてから、父にずいぶんと叱られました。実はあのとき、土曜日はお友達のお家に泊まると両親にも申しておりましたが、日曜日のことは二日も外泊する理由が見つからなかったので何も申してはおりませんでした。なにか口実を見つけて伊豆から電話で連絡をしようと思っていたのですが、口実が見つからず、とうとう電話も出来ずじまいになっていました。とても気にはなっていたのですが、家ではたいそう心配していたらしく戻るなり大変叱られました。もう二度と外泊は許さないとも言い渡されてしまいました。また誰と何処へ行っていたのかと、父に厳しく問い質されて困りました。適当な説明も出来なくて、黙ってじっと叱られるのを我慢している他ありませんでした。でも心配はしないで下さい。才野木さんのことは一切何も申してはおりません。ご迷惑がかかってはいけないと思い何も言っておりません。そんなことで、北海道旅行はわたくしの方も難しい事態になりました――

何ということだ。あの伊豆の二夜、自分は欲望に埋没していたのだったが、由紀は両親との現実にさいなまれていたのだ。

今更ながら才野木は心が痛んだ。父親に叱られて小さく縮こまっている由紀の姿が目に浮かぶ。年頃の娘であることを考えれば、むしろ当たり前の事態だった。才野木は自分のエゴに浮かれていたと悔んだ。

そう思うと同時に文面に一つの疑問が湧いてきた。北海道旅行は、わたくしの方も難しい事態になりました？　わたくしの方も、とはどういう意味だろう？

——勝手なお願いでしたが、両親には知られたくなくて、必ずわたくしが電話を取れるように曜日と時間を定めておりました。でも考えてみれば、才野木さんにはお仕事もあるし、わたくし以上に、その曜日のその時間に電話をかけることは難しいことでしたでしょう。それにお家からでは特に……。もしかすると、伊豆の旅行が原因となってお困りのことが起きているのではないか、と心配もしています。ご迷惑をおかけしたかも知れません。そうだったら本当にごめんなさい。来年からは社会人ですが、今はまだ学生の生活習慣で行動してしまいます。このままだと、きっとわたくしご迷惑をおかけしてしまうでしょう——

と、才野木のことを気にかけ、忘れられるかどうかは分からないけれども、このまま忘れようと思うと書いてあった。所々の文字がにじんでいる。書きながら涙がこぼれたのだろう。才野木の心は乱れた。由紀はいまやかけがえのない存在である。初めての男として全てを許してくれた娘なのである。それにあの純情さ、あの表情、あの躰、を忘れることなど最早できない。

東京のホテルで、周りの女と比較して気にかけていた、女としての心根が才野木にいじらしく思い出された。

その一方で、才野木の心は逡巡した。

（……由紀に対する心情は、自分の年齢から考えるとエゴに過ぎるのではないか？　若い由紀の人生を将来どう展開させてやれるというのだ？　本当の意味で由紀のことを大事に思うなら、これを機に別れてやる方がいいのではないか？　由紀には由紀の年齢に相応しい、本当の運命に支えられた人生が待っているのではないか……）

由紀の手紙が才野木の中で騒ぎ続けた。

一日が、茫漠として過ぎていった。デスク業務が終わったのは午後七時だった。今日は約束の電話の日に当たっている。約束の時間は午後八時である。とにかく八時になったら電話をしよう。

しかしあの手紙を書いて以降は、約束そのものが意味を失っている可能性もあった。その時間、由紀はそこにいないかも知れない。ならば誰が電話に出るかは分からない。父親だったらなんと言うべきか？　母親だったらなんと言えばいいのだ？　由紀が出なければ切ってしまうことも考えられたが、不実な電話となればことさら由紀を困らすことにもなるだろう。

それでも、八時になって才野木はデスクの電話を取りあげた。呼び出し音が一回鳴って直ぐに電話は受信された。

「岡崎ですが」由紀の声だった。

きっと手紙を書いた後も、この日のこの時間には電話機のそばで待っていたのだろう。

「才野木です」電話の向こうで、息を飲む音がした。

「ちょっと……お待ちください」

「……もしもし、由紀です」

しばらくして由紀の声が再び才野木の耳に届いた。受話器を持って自分の部屋にでも移ったのだろう。

「いま、電話はいいのかな?」

「ええ、大丈夫です」

と、言う声に元気がない。それでも嬉しそうな息遣いが受話器から伝わってきた。才野木の気持ちは少し救われた。

長電話はできないだろう。才野木は急ぎ明日上京すると伝えて、「都合がつけば短い時間でもいいから顔を見たい」と言った。

すると由紀が「明日は、東京にお泊りですか?」と訊いた。まだ部屋は取っていなかったが、赤坂のホテルに宿泊予定であると答えた。

すると「何時にチェックインするのですか？」と由紀が訊く。昼には東京に着けるので取り敢えずは一度チェックインするつもりだと答えた。

「午後一時にホテルに行ってもいいかしら？」と更に由紀が訊く。それならばホテルのティーラウンジで午後一時に、と言い合って電話を切った。

才野木は再び電話を取った。ホテルをリザーブする為である。才野木はダブルのデラックスタイプをリザーブして電話を切った。

＊

翌朝、才野木は新大阪駅から会社に電話を入れ、スケジュールの調整と二、三の段取りを指示してから新幹線に乗った。

赤坂のホテルに着いたのは昼前だった。チェックインを済ませて一旦部屋に入る。

才野木が待っていてやるつもりだったのに、ティーラウンジに下りてみると由紀の方が先にきて待っていた。

小さな花柄のワンピースを着て、セミロングの髪を後ろに流して耳に掛け、花の形をした小さなイヤリングをつけている。向かいに座ると由紀の目は泣いていた。コーヒーはそのまま冷めている。

才野木が「昼の食事は？」と訊くと、由紀はまだだと言う。

十階に展望のいいレストランがある。二人はエレベーターに乗って十階に向かった。レストランも空いていた。ボーイが緑の森が遠望できる窓際の席に案内してくれた。

才野木が「大丈夫だったか？　……心配した」と言った途端に、由紀はポロリと大粒の涙を落として慌てて顔をそむけたのだった。

幼げなものも感じたが、家庭環境とか由紀の性格とかを考えれば、むしろ由紀らしさでもあった。

由紀の食事はなかなか進まなかったが、コーヒーになる頃には幾分元気を取り戻してきた。そして訴えた。


――家に帰ってからのことは、お手紙に書いたとおりなの。両親の言うことはもっともだったし、自分にも罪の意識があったのね。間違ったことをしてきたのかも知れないけれど、才野木さんを思う気持ちに正直に行動してきただけなの。結果としては大変なことになってしまったけれど……。

それもあるけれど、約束の曜日になっても、才野木さんからの電話がかかってこない。才野木さんのお立場だったら、もっと大変なことになっているのではないかしら？　こんなことになるなら、もう由紀のことは忘れようと思って、電話もしてくれないのではないかしら？　才野木さんにとっては由紀の存在などあっても無くても同じだったのかも知れないと思うと、いままでのことが空しくなって……悲しかったの——

なんということだ。トラブルの処理に追われて電話をするタイミングを掴めなかっただけのことなのだ。

言い訳がましいとは思ったが、才野木は帰阪してからの一部始終を話して聞かせた。また、由紀にも由紀の躰にも限りない執着がある、と正直に本音を耳に入れたかったのだが、取りようによっては不純なものを感じさせるかも知れなかったし、安っぽい気もしてその言葉は飲み込んだ。

だが取り敢えずは事情を理解してくれたようだった。それに由紀の表情も心も落ち着いてきたように見える。ひとまず安心できた。

今日ばかりは早く家に帰さなければならないだろう。才野木が気になって訊いた。

「それはそうと、今日は何時まで時間がとれるの？」

「大学を途中で抜けてきたの。だから何時まででもいいの」

「家には早く帰らなければいけないだろう。何時までに帰ればいいの？」

「才野木さんの今からの予定は？」

「正直に言うと仕事の予定はない。……君に逢いにきただけなんだ」

「えっ！」一旦は驚いた由紀の顔に、ぱっと光が射した。

「笑うかい？」

才野木の言葉に由紀は首を横に振って、「わたくしも、今日は帰らなくてもいいの」と言った。

「帰らなくても？」

「ええ、お母さまにはそう言ってあるの」

「外泊は禁止だろう。お母さまは許してくれたの？　何て説明したの？」

「前々から、お友達のお家にお泊りで遊びに行くと約束をしていたのだけれど、この前のことがあったから言い出せなくていたの。お願いだから、お父さまには内緒にして許して欲しいって言ったの」

「それで？」

「いいわ。でも自分のことは自分で責任を持ちなさいね、って言われたわ」

「それで、お父さまの方はどうなるの？　内緒という訳にはいかないだろう。説明できるのかい？」

「……いないの」「いない？」

「ええ、三日前から出張でアメリカなの」「アメリカ？　いつお帰りなの？」

「はっきりしていないの。二カ月くらい先かしら……」

「それで今日、ボクが仕事だったらどうするつもりだったの？」

由紀はわずかに照れを浮かべ、自分の思いと行動が外れていなかったことに納得したかのように、

「お電話で、今日はお泊りっておっしゃったでしょう。お泊りだったらきっとホテルには戻ってこられる訳で、遅くても待っていようと思ったの」と視線を落としたままで言葉を返した。

才野木も、実はチェックインを済ませてあること、仕事の予定はないこと、由紀にわずかな時間しかなかったら持て余す時間をどう潰そうかと、むしろ考えあぐねていたことを、正直に告げた。

すると由紀は、いままでの表情を崩して嬉しそうに、ククと小さく秘めやかに笑った。

急いで東京にきた甲斐があったと、才野木は思った。

「それはそうと、昨日、電話した時もお父さまはいなかったわけだ」「ええ」

「お母さまは、いたの？」「ええ」

「何か言われなかった？」

「わたくしが電話を取ったでしょ。それから二階の自分の部屋に行ったのね。電話が終わって居間に下りて受話器を返したら、近寄ってきて、にやりとして……」

この言葉を聞いて、才野木は母親には全てを悟られていると直感した。母親も女である。由紀の心理の襞はよく分かるに違いない。

由紀が男との関わりに走っていると見抜いた上で、黙認しているということか？　才野木は娘を持つ母親の堂々と膨らんだ器量を思った。

二人ともに何処に出かける当てもない。

「チェックインは済ませてあるし、部屋でゆっくりするか？」「ええ」

レストランを出て部屋に戻った。

由紀を先に入れて、後ろ手でドアロックをかけ、才野木はまるで絞るように由紀を抱きしめた。

絞られるままの由紀の口から、短い吐息が漏れる。胸の隆起が才野木の胸を弾き返す。伊豆の夜から二週間ほどしか経っていないのに懐かしい感触だった。

「……きれいな部屋ね」由紀が部屋を見回して言った。

「改装したらしい」

「……そうなの」

由紀は、潮が満ちるように、心に安堵感が満ちてくるのを感じていた。

（……母親に外泊の了解まで取り付けてきたのだったが、才野木さんもまた自分に逢うためにだけ上京して、しかもそのつもりでダブルの部屋を取ってくれている。思いの世界は同じだった……）

しかし由紀の、親を欺いているという呵責は消えない。いまも重圧が心の底に淀んでいる。才野木にも由紀のそんな心の内はよく分かっている。しかし部屋は淡く仄かにときめきながら二人を包んだ。ソファに向かい合って腰を下ろす。

「由紀、……おいで」才野木の言葉に由紀が素直に立ってくる。

「ここにお掛け」と言うと、素直に才野木の膝上に腰を下ろした。深いソファに二人はこんもりと沈んだ。

唇を合わせられていると、由紀の脳裏に伊豆での記憶が甦ってくる。

（……今日もきっと全裸に剥かれる。そして抱かれる。想像するだけで躰中の血が熱くなってくる。息遣いが乱れて、胸が切ない。あの伊豆の夜のように、どうしていいか分からない世界にきっと今日も導かれて行くのだろう……）

才野木が由紀の耳朶に唇を這わしながら「抱きたい」と囁くと、由紀は乱れてきた息遣いを止めて、「ええ」と小さく応えた。

由紀は、走り始めた官能に乗って、才野木との性に埋もれることで自分の存在を認識できるのだった。だからこそ、親を欺いても、輪郭を掴めない将来への不安があっても、才野木との性に自分の存在を自覚していたいのだった。

才野木は由紀を立たせると、ワンピースのチャックを下ろした。

「待って」

片方の肩をはずしたところで、由紀が才野木を制した。

「?」「自分で……脱ぎたいの」

由紀は自分の意思を示したかったのだろう。才野木も頷く。才野木が裸になる間に、由紀もスリップだけになった。

白い薄布を透して由紀の躰が知れる。熱い血が才野木の脳髄を埋め尽くしていく。

それからの由紀は、まるで親を欺く呵責を忘れようとするかのように、自ら才野木に全身を委ねたのだった。

才野木は極限に漂う裸身を作り上げてから、ゆっくりと押し入った。そして今まで感じたことのない初めての、強い緊縮感を覚えたのだった。はっきりと違う!

一方の由紀は、大きく瞳を見開いて、必死に、何かを才野木に訴えようとしていた。言葉はない。言葉はないのだが、どうしていいか分からない自分に起きている初めての異変を、必死に訴えようとしていたのだった。額は汗に濡れて髪はうなじに巻いている。

（……どうしよう、どうしたらいいの。襲ってくるもののやり場がない。熱い。躰が熱い。どうしよう、どうしよう……）

由紀の躰には、初めての、狂う混乱が生じていたのだった。

小さい震えが起きて、その震えが波状になって全身に広がっていく。やがて由紀の指先に力がこもって、才野木の皮膚にその爪が立った。そして由紀の裸身は大きく弓なりになって硬直したのだった。

瞳は烈しく押し寄せてくる官能の大波を訴えていたのだった。由紀は肉の悦びを知った。結ばれた形で頂点に到達したのは初めてのことだった。

「由紀、君は女になった」

「…………」

「由紀、君は、女になった」

「……ええ」恥じらいを含んだ細い声が応えた。

「ボクが君を女にした。ボクが君を女にした」

「……、ええ、ええ」

今度は自分を確認するかのように、はっきりした声が、二度繰り返して応えた。

才野木は由紀のスリップを捲って、頭からそれを抜き取ってやった。両の乳房は才野木の胸と柔らかく密着した。遮る物のない肉と肉が同化していく。才野木はまだ爆ぜてはいない。羽交の内の由紀は再び漂い始めていた。才野木は、もっと深い次元に由紀を導き込みたい、そしてその躰と一つに溶け合いたい、と思った。才野木は堪えて由紀にそのときが訪れるのを待った。

やがて由紀の夢中の爪が、才野木の背に食い込んで激痛が走った。再び由紀にその時が訪れたのだった。その波は才野木を溶けきった熱い官能の中に巻き込んでいく。才野木は烈しく由紀の頂点とともに爆ぜた。

それにしても……、才野木は驚きの中にあった。

初めて出会ったのは二ヶ月ほど前である。その由紀とこうして実を結んだのも運命的だが、こんなにも早く由紀が自分との性に順応して開き切るとは思いの他だった。

その変貌は、その涼しそうな顔や、その無垢な仕草や、その純情な物言いの、それらの全体から受ける印象とはかけ離れている。それだけに、才野木には秘めた男の満足感となった。

才野木は、今まで自分にあった禁断の意識や、倫理や道徳からくる自制の意識が、既に遠く薄く消えてしまっていることをも同時に悟った。

飾り障子からの光で部屋は明るかったのに、いつの間にか暗くなっていた。腕時計をとって見ると七時だった。

由紀はまだ眠りに落ちたままである。もう少し安息の中に置いておいてやろう。才野木はそっと起き出してシャワールームに入った。

音を抑えていたつもりだったのだが、ノックを聞いて振り返ると、由紀が一緒にいいかと言う。才野木がおいでと言うと、由紀はさっきのベッドとはまるで違って恥ずかしそうに、両腕で躰を隠しながら飛散防止のカーテンをくぐってきた。

才野木はその由紀の頭にいきなりシャワーの湯を浴びせてやった。

「わっ！」と、両手で顔を被ったおかげで、全裸の女体が無防備に晒された。湯は頭から首筋を伝って肩に落ち、両の乳房をよけて輪のような流れ道を作って臍にしたたり、叢をぬらして内股を流れていく。

才野木も自分の所業が少し幼稚だとは思う。幼稚には違いないのだが、由紀と戯れることを通して同次元の若さを感じるのだった。

才野木はしなだれる裸身を受け止めて、熱い湯を全身に浴びせ続けた。由紀の肌はほんのりと赤みをさして更に柔らかくなった。

バスを出て空腹を覚えた。

「……腹がへったね」「ええ」

「ルームサービスでも、いいか？」「ええ」

才野木は電話を取った。

オーダーは直ぐにきた。灯りを絞ってカーテンを開け放ち、品川のホテルでの初めての夜のように、バスローブのままで窓外の夜景に浸りながら遅めの夕食をとった。

＊

翌朝である。目覚めて、それは初めてのことだったが、由紀の方から才野木を求めたのである。

また遠く離れる時間がくる――そう思ったのだろう。もう一度、才野木さんのものにしておいて欲しいと求めたのだった。何という……。可愛い。いじらしい。

飾り障子から射しこむ朝の光の中で、再び互いの肉体に溶け合った。夜ほどには溶けきれない切ない交合だった。

昼食をとりながら、「七月の夏休みには、きっと、北海道に連れて行って下さいね」と念を押すように由紀が言う。才野木に異論などあろう筈はない。硬い約束をした。

由紀は、先の約束をしたときには、本当に嬉しそうな、ホッとしたような表情をする。今もそうだった。北海道旅行の約束ができたことで喜ぶ由紀の表情を見ると、才野木もまた別れの辛さが和らいだ。

東京駅で別れるときには、昨日のティーラウンジとはまるで違って、由紀は明るい表情に戻っていた。見通しのない運命に引き込んでいるという自責にとらわれながらも、才野木の心は晴れた。

由紀は才野木を見送った後、東京駅のコンコースを歩きながら、色紙を裏返したときに覚えるような、褪せた寂しさに襲われた。

でもいい。裏は褪せていても、返せば表の明るい鮮やかさが戻ってくる。早く北海道に行きたい——由紀は、北海道の旅に思いを馳せ、自ら胸をときめかせた。

三

才野木は仕事に明け暮れた。そして自覚する。

（……仕事の感性が鋭敏になった。惰性に嵌まりつつあった感性から脱皮して、物事を鋭く見聞きできるようになった。由紀という娘と禁断の則を越えているという自覚が、秘密裏の生き方をしているという自覚を生み、それが感性を研ぎ澄ましている……）

才野木は結婚して十五年になる。妻に不満はない。結婚当初のようなときめく情感は褪せてしまったが、それなりに落ち着いた関係に成熟している。中学生の娘も成長して最近では随分と大人びてきている。そんな生活は才野木を取り囲んで確たるものでもある。

言えば、才野木にとっては、妻子との世界と由紀との世界は全く別の世界なのだった。一方が一方を消し去るといったものではなかった。その二面性の中で感覚は研ぎ澄まされていくのだった。その行き着く先に不安がないと言えば嘘になる。しかし、だからと言って交通整理ができる状態では既にない。

数日して由紀から会社の才野木に宛てて封書が届いた。今回の文面は楽しそうに綴られている。下調べをした北海道旅行についてだった。

――大阪と東京からそれぞれ出発することになるでしょうから、合流は新千歳空港にしようと思います。時間差があるけれど由紀が先に行って待っています。

札幌でも時間を取りたいけれど、札幌は才野木さんが不都合な人に会わないとも限らないので除外することにして、空港でレンタカーを借りてまっすぐ釧路に向かい、釧路から根室を回って知床半島に向かい、網走からサロマ湖を回り、層雲峡経由で旭川に出て、旭川空港から帰阪、帰京するというコースはどうでしょうか？　全行程としては五泊六日位になりますがいいでしょうか？

北海道はまだ一度も行ったことがなく、出来ればこの機会に行ってみたい所をあちこち候補に上げていますが、才野木さんには興味がない所かも知れません。お泊りはホテルがいいかしら、それとも旅館がいいかしら、任せて下さるとおっしゃったけれど、行ったことがないので良し悪しも判らず迷ってしまって楽しく困っています――

涙が染みた個所はなかった。

才野木は申し合わせ日を待って電話をかけた。由紀はすぐに出た。

手っ取り早く、日程や行程はそれでいいこと、回るポイントは由紀が行ってみたい所でいいこと、泊まる所はホテルでも旅館でも構わないこと、費用がかさんでもプライバシーが守れて落ち着けるところを旅行社と相談して決めればいいこと、を伝えた。そして次の連絡日をつけ加えて電話を切った。

数日して二通目の封書が届いた。最終的な行程と、合流場所や時間の連絡だった。最後に、旅行が待ち遠しくて、待ち遠しくて、眠れない日がありますと書いて、仕方がないのだけれど才野木さんからの電話が事務的で寂しい思いがしました、と書き加えてあった。

才野木は直ぐに電話を取った。伊丹空港発新千歳空港行きの予約のためである。幸い予約は取れた。由紀の便に一時間後れて到着する便である。


北海道に飛ぶ日の二日前になった。申し合わせた電話の日でもある。父親はまだアメリカのはずだから約束日でなくても電話のかけ易さはあったが、母親に全てを見抜かれていると確信している才野木には、母親が電話を取る場合もあると思えばやはり気遣いも躊躇いもあった。だからこの日まで待っていた。

「岡崎ですが……」

呼び出し音が一回鳴って由紀がすぐに出た。声が弾んでいる。受話器が正確にそれを伝えてくる。

「あさってだね。楽しみにしている。必ず行く」「ええ、わたくしも」

「じゃ、新千歳空港で」「……、ええ」

それだけ言い合って電話を切った。

翌日、才野木はデパートに赴いた。由紀にプレゼントを買うためである。指輪はどうだろう？　イヤリングはどうか？　ペンダントはどうだろう？　要は由紀がいつも自分を意識するように、何か身につけるものを持たせておきたいのだった。そうすれば他の男からの誘惑があっても自制が働くに違いない――と思うのだ。

あれこれ迷った挙句、薄いピンクのパールのイヤリングと、薄いピンクのパールのペンダントを併せて包んで貰った。薄いピンクのパールを才野木自身が好きだったこともあるが、その色が純真な由紀に似合うような気がしたからである。才野木は二つの包装ケースを車のダッシュボードに入れて、施錠した。

◇

出発前日の夕、帰宅した才野木を妻が殊更に明るい表情で迎えて言う。

「ねえ、ちょっと来て！」

「なに？　どうした？」

「いいから、いいから」玄関から直ぐの客間に才野木を引き入れた妻は、内法長押のフックに掛けてあるハンガーを指さして言った。

「これで、どうかしら？」

カジュアルなシャツにゴルフ用のズボン、それに色を合わせたブレザーがセットにしてかけてある。

妻には、同業仲間のレクリエーションで北海道へゴルフ旅行に行く、と説明してあった。その為に用意してくれたものらしい。

「皆さんの手前もあるし、見繕ってきたの。……少し高くついたけど」

「そんな必要はなかったんだ。ブレザーもズボンも、色々あるんだから」

「こういうときは、小ざっぱりとした格好で行って欲しいのよ。着てみて……早く」

着てみれば、シャツも、ズボンも、ブレザーもピッタリだった。才野木は体形サイズの全てが把握されていることを知った。心にチクリと背信の痛みがよぎる。

その夜である。ブランデーを舐めながら雑誌の拾い読みをしていた才野木のベッドに、湯上りの妻が足元を持ち上げて裾から潜りこんできた。と思うや、いきなりパジャマを引き脱がして唇に才野木を含んだのだった。

——いきなりどういうことだ？　洋服の新調、それにこの行為……ひょっとすると、北海道旅行について何か疑っているのかも知れない——と思った警戒心も、温かく滑る感触に引き込まれてたちまちにして霞んでいった。そしてその夜は溶けるようにして馴染んだ性に爆ぜた。久しぶりのことだった。

「わたしもブランデーをいただこうかしら。その方が……よく眠れそう」

妻はナイトキャップ用のグラスにブランデーを注いで、さっさとそれを空けると、サイドテーブルの灯を落として、頭まですっぽりと布団を被ったのだった。北海道旅行について触れることはなかった。

◇

出発当日である。

才野木は伊丹空港の立体駐車場に車を入れると、ダッシュボードから二つの包装ケースを取り出して鞄に詰め、新千歳空港行きの第一便に乗った。

滑走すると空港の施設が飛ぶように後ろに流れていく。そして舞い上がった刹那、機の窓から傾斜した街並みの景色が目に入った。

ついに北海道に向かって飛び立った——由紀の顔が浮かんできて、才野木にある種の感慨が湧いた。

すると、追いかけるようにして妻との昨夜のことが甦ってきた。背信の痛みが十文字に胸を掻く。同時に漠としたものも胸を締め付けてくる。

だがそれも、窓外が雲に変わった途端に、まるで霞むようにして消えていった。

新千歳空港には時間どおりに着いた。

由紀はゲートを出たところで待っていた。既にレンタカーの手続きを済ませて空港の駐車場に入れてあると言う。知り合いに会うとも思えないが、二人は少し離れて車まで歩いた。

車は才野木の希望を入れてツードアの黒のスープラである。スポーツタイプの、それも黒のスープラは少し若者向け過ぎるかもとは思ったが、由紀との旅ゆきには似合っていそうな気がしたのだった。

流線型をした黒い滑らかなボディは、由紀を連れて北海道の大地を走る才野木の心の青春の表現でもあった。

スープラはナビの誘導に乗って瞬く間に郊外に出た。まずは釧路に向かう。七月の中旬の陽射しの強い快晴の日である。


釧路平野は頬に心地よい微風で迎えてくれた。ここには蒸し暑さはない。

釧路湿原の展望台から見晴るかしたとき、どこまでも広がるそれは、才野木に限りない開放感を与えた。由紀と北海道にきている――その実感がふつふつと湧いてくる。

由紀も同じ心境なのだろう。湿原の微風に髪を嬲らせながら遠望している表情には、解放された奔放さが溢れているように見える。

彼方に白い鳥が舞っていた。

「あれは……何という鳥かしら？」

「白鳥であるはずはないし、いや白鳥かな、それともサギかな」

「……サギ？」

才野木が「詐欺師のサギじゃないよ。白鷺のことだよ」と戯れると、「もうっ、そんなことくらい、分かっているわ」と由紀は頬を膨らませて拗ねて見せた。健康な由紀がそこにいた。

伊豆に旅したときのようなぎこちなさは消えて、由紀は打ち解けた余裕を見せるようになっている。才野木との旅ゆきに慣れたせいもあるかも知れないが、由紀自身の心理的な開放感によるものだろう。

人気のない広大な湿原はひっそりとして、野鳥の声が時々耳に届くだけである。生活圏から遠く離れた二人だけの世界がそこにあった。

一泊目は、ここ釧路の郊外の予定である。

広大で緩やかな丘陵の中腹にそのホテルはあった。静かに落ち着いている。二人を包んで貰いたい時間が、似合ってそこにはあるような気がした。
暮れていく景色に包まれてフォンデュにワインを傾けた。才野木は由紀一人の才野木にな
り、由紀もまた才野木だけの由紀になった。夕暮れは短い。部屋に落ち着いたときには既に
大地は帳に覆い尽くされていた。
シャワーの後のバスローブの由紀に、才野木は持参したイヤリングとペンダントを着けて
やった。
「こういう思いで、買ってきた」と正直に言葉にした。
すると、由紀は手を口に当ててククと小さく笑った。男の独占欲を可愛いと思ったとも
とれたし、自分に向けられた執着心が嬉しかったともとれた。才野木は飲み込みたいほどの
衝動にかられて思わず抱きしめたのだったが、そのとき由紀の胸からころころと真珠が転
がって落ちた。

＊

二日目、快晴である。釧路を後にして根室に回り、二泊目の夜を過ごした。

＊

三日目、スープラは大地の果ての知床半島に向かって走った。

ところが、半島の南東辺りにさしかかったころから、激しい横殴りの雨が襲うようになっ

た。大粒の雨がバシバシと音をたててフロントガラスを叩きつける。ワイパーを急速回転させても、瞬間的にしか前方の確認ができない。

もっと激しくなれば走行が困難になる可能性もある。早く駆け抜けなければならない――才野木はそんな心境に追い込まれていった。

急かされているのにやけに車が重い。不安と緊張から疲れもたまっていく。だが休憩もとらずに才野木はただ一目散に走った。

やっと着いたホテルは、暮れた嵐の闇の中にあった。そして半島を囲む北の海は、吹きつけるオホーツクからの風に轟々と荒れていた。

夕食時のテーブルから見る窓の外は、闇が唸りをあげて狂っているばかりだった。部屋に戻ってからも、風と雨とがぶつかり合って鳴る音がコンクリートを伝って耳に響いてくる。遠くで吠える海鳴りがまるで耳鳴りのように響く。カーテンの隙間からは、漆黒の果てから弾丸のように飛んでくる雨がガラスに砕けるのが見えるだけである。

落ち着く空気は部屋のどこにもなかった。才野木の神経は異常に高ぶった。狂う大自然と狂う欲望とが共鳴するのだろう、才野木に攻撃的な猛りが突きあげてきた。

向いていく先は由紀しかいない。才野木はバスを出た由紀をいきなりベッドに押し付けたのだった。乱れた髪が顔に巻く。肢体が乱れる。そんなあられもない女体の乱れが、才野木の脳髄を激しく刺激した。嵐の唸りがそれに輪をかける。

「ひどい、ひどい、ひどい人」

解放した後、由紀は三度もそう言って才野木の胸を叩いて泣いた。痛々しくなった才野木が労ろうとしても、由紀はもう受け入れようとはしなかった。

暴力的な行為の中で官能にとらえられたことが、あるいは屈辱だったのかも知れない。暴力的な行為、それは愛の発露とは異質のものに思われたに違いなかった。

女体を占領しようとする衝動が強ければ強いほど、男の欲情は時に異常を伴うこともあるが、そんなことが由紀に分かるはずもない。

由紀は才野木を完全に拒絶し続けた。才野木に孤独な長い時間が残された。荒れ狂う風雨と同じように、才野木もまた落ち着くところを見失って知床の夜を悶々と見送ったのだった。

＊

四日目の朝には晴れ渡った空が戻った。

あの嵐は何だったのかと思うほど、空はすっきりと晴れ渡り、うねりはあるがオホーツクの海は彼方まで穏やかそうに見えた。

空の青と海の青との間の白い雲が、大海の穏やかさを強調していた。北の大地は荒涼としている方が相応しいと思った才野木だったが、やはり、澄んだ空気に鮮明な色相を為した穏やかな景色の方が、北の大地らしい気もした。

今日はサロマ湖泊まりである。スープラはサロマ湖に向かって走った。爽快な空気を吸い込もうと、高台で車を止めたときである。景色には目もやらず、由紀が呟くように言った。

「……ごめんなさい」「……ん？」

「昨夜のこと、ごめんなさい。びっくりしたの、だから……」

傲慢なエゴだった、という強い悔いが才野木にも残っていた。だから、由紀の心に残したに違いない傷を癒してやらなければならない、硬化した気持ちをほぐしてやらなければならない、とハンドルを握りながらずっと思案し続けていたのだった。ところが由紀の方から矛先を転じてきてくれた。

「いやボクこそ悪かった。すまなかった。あの後、……眠れなかった」

由紀はうなだれている。何かを伝えたいのだが言葉にできずにいる――そんな口元を感じさせた。

空気を変えようとして才野木が問いかけた。

「今日は、抱いてもいいか？」

「……ええ、……お願いがあるの」「ん？　なに？」

「同じように……して欲しいの、昨夜と」思いつめていたことを思い切って告げた――そんな表情である。

由紀も引きずっていたのだ。北海道にまできて可哀そうなことをした。才野木の心が痛んだ。

「気にしなくていい。昨夜はボクがやりすぎた」

「いいの、そうして欲しいの。……お願い」壮大な景色には目もやらず、由紀はいまなおうつむいたままである。

「……分かった」

ひょっとして興味を持ったということもあるのか？　一瞬、そんな気もしたが、実はそうではなかった。由紀にはまだ自分は幼稚だという意識がある。才野木の求めに応じてその性に慣れていくことこそが、女としての成長であると考えているのだった……。

再びスープラは走った。大地を走った。折々に車を止めては広大な景色に酔い、香る大地の風に吹かれた。運転しながら盗み見る由紀に戻った表情は、再び才野木の心を甘いエッセンスで満たしていった。

サロマ湖岸では、レンタサイクリングを楽しみ、花々を楽しみ、名産のホタテに舌鼓をうった。由紀もすっかり朗らかな表情に戻った。

サロマ湖の夜は、才野木の陵辱欲が満たされた夜になった。だが才野木は後になって後悔した。暴力的な性よりも、温かくくるんだ優しさの中で、溶けるようにして官能に落ちていく性の方が由紀には相応しいことを知ったからだった。

＊

五泊目の最後の夜は層雲峡である。スープラは走った。

層雲峡では、麓に車を置いて山上までリフトで登り、高山植物の花々を満喫して、またリフトで下って車に戻った。

そうこうしている内に丁度いい時間になった。そろそろチェックインの時間でもある。ホテルは、断崖を背にして建つ温泉観光ホテルだった。この旅行で初めての和のホテルである。豊かな湯量を誇る大浴場を満喫して、山海の和食膳を堪能した。

部屋の灯を落として墨の峡を見下ろしていた才野木に、北海道の旅もついに終わる、という強い感慨が突き上げてきた。何の制限もなく、誰はばかることもなく、由紀と思いのままに過ごした旅の日々だった。その濃い記憶が燃え立ちながら脳裏に甦ってきた。そして切ない疼きを伴った未練気となって才野木を支配した。

その夜、才野木は言葉では言いえない特別な思いを込めて、愛おしむようにして由紀を抱いた。そして驚嘆に襲われたのだった。

由紀の躰が成長し、変化しつつあることは感じていた。そのことに秘めた満足感も覚えていた。だが今日の由紀の躰はそれらをしのぐものだった。由紀の躰には驚くべき特質が潜んでいたのである。

才野木はその特質に溺れ、脳が破裂して、たちまちにして爆ぜた。それは由紀の肉体がもっていた先天的な特質が開花したからに違いなかった。

初めて知る女体の特質だった。驚嘆とともに、鮮烈な感動が才野木に残ったのは言うまでもない。

＊

北海道の旅は終わった。

翌日、旭川に出てレンタカーを返し、東京と大阪に分かれて飛行機は飛び立った。飛び立ってから才野木は後悔した。せめて羽田まで同行してやって、羽田から大阪に飛べばよかった……。

後ろ髪をひかれながら才野木は、成長していく由紀の官能と、初めて知った絶妙な特質を生々しく思い返した。そして思った。

（……由紀は、その品性からは想像もつかない肉体の特質を持っていた。それには、おそらく由紀自身も気づいていないに違いない。あの躰とはいよいよ別れることなどできない……）

由紀もまた、機中で旅の日々を思い返して、深い感慨に浸っていた。

（……才野木さんを知ってからは、抱かれる度に新しい世界に目覚めてきている。その道ゆきは知らなかった世界を知り続けている道でもある。原色を注入されて躰中が染まり続けている実感がある。それは肉と心の襞深くに広がり続けている。凄い……怖いくらいに、凄い）

四

会議中の才野木に由紀から電話が入った。今までにないことだ。

「お仕事中に……ごめんなさい」由紀はそれだけ言って黙った。泣いているのが分かる。

才野木の心が騒いだ。

「由紀、どうした？」「…………」

「由紀、どうした？　一体何があった？」思わず声が大きくなって、才野木は周囲を憚った。

メンバーは知らぬ風を装っている。

「一寸、待ってくれ」電話を保留にして、急いで自室に戻って受話器を取り直した。

「もしもし、いま自分の部屋だが、どうした？」

「お仕事中にごめんなさい。ご迷惑だったでしょう？」

「今は大丈夫だ。どうした？」

——由紀の話によれば、別れた早稲田の学生から電話がかかってきたのだと言う。男と女の関係とはこんなものなのかと思うほど淡白に、彼の方から宣言して別れていったのに、再び連絡をしてくるとは思いもよらなかった。しかしそれは由紀の解釈だった。

彼としては腹立ちのあまり体裁をかこつけたのだったが、内心では由紀の方から縁りを戻してくることを期待して待っていたらしい。ところが由紀からは一向にそれらしき反応がない。

思案の挙句、自宅に電話をしてみた。母親から旅行中だと聞かされて、頭に雷が落ちたような衝撃が走った。由紀の性格からして一人旅というのはとても考えられない。それも数日に及んでいる。では誰と？　女友達と？　ひょっとして男と？　旅先はどこに？　次から次へと疑念が湧いてとまらない。不信感と嫉妬とが一挙に増幅していく。確認せずにはおれない……。

彼は北海道から戻った由紀にしつこく面談を求めた。どうしても会いたいという。由紀も断ることができなくなって彼に会った。ところが困ったことになった。彼からは、いったい誰と、どこに旅行してきたのかと、しつこく追求されてやまない。しかし由紀は上手に言い逃れることができない。彼とはもう別れているのだ。こんなに追及されることは理に合わない。とも思うのだが、さりとて、落ち着かせどころを見つけることもできない。

こうなれば仕方がない。才野木さんとのことを話して決着をつけようと事情を説明したところ、逆上して殴られたのだと言う。

さりげなくしかも短時間の面談ですまそうと、公園で会ったのが良くなかった。人通りが少なかったことも災いした。怖くなって、訊かれるままに才野木さんの名刺を見せたところ、大阪に行くと言っていたから、ご迷惑を掛けることになるかも知れない、と心配になって電話をしたのだと言う――

才野木はその青年に無性に腹が立った。

男と女の関わりは色々あるが、殴るとは何たることか。由紀の物言いに相手を傷つける言葉があったことも考えられるが、そんなことは頭に浮かびもしなかった。ただその青年に対して憤りだけが噴き上がってきた。

「それで、殴られたケガの方は大丈夫か？」

「ええ、たいしたことはないので、大丈夫です」

「昨日のことだったら、早い方がいいので、すぐに医者に行って診断書を取っておいた方がいい。必要になるかも知れない。時間が経てば経つほど傷害の程度が不正確になる」

「ええ、お父さまにもそう言われているので、今から行ってきます」

「なんだって！　お父さまにも知られたのか！」

「ええ、それも……」

父親はその青年に激怒したと言う。そればかりではない。原因ともなった才野木とのことを知ってさらに激怒したのだと言う。いつか父親とも会わねばならなくなるかも知れない。網をかぶせられたように才野木に暗い緊張が広がった。

「状況は分かった。診断の結果を知らせてくれ」

大阪の才野木が、いますぐしてやれる手はなかった。連絡を待つしかない。二時間ほどして由紀から二度目の電話が入った。診断の結果は全治二週間の外傷とのことだった。傷跡は残らないと聞いて、才野木は一先ず安堵した。

「この顔を見たらキライになるかも知れないので、治るまではお逢いできない」由紀は冗談っぽくそう言って小さな声で笑った。才野木の心配は一先ず去ったが、父親のことが重く気にかかった。

午後の会議に備えて書類の下読みをしている才野木に電話が入った。由紀の言っていたその青年からだった。青年は名前を名乗り、面談を申し入れて、いま新大阪駅にいるのだと言った。走る感情に乗って飛んできたらしい。強い言葉で面談を申し入れてはいるものの声はおずおずとしている。躊躇いがある一方で感情を抑えられずにいる、そんな感じだった。

才野木は腹立ちながらも、青年に同情する部分もないではなかった。それに青年は大阪まで来ている。才野木はむしろ積極的に青年との面談を受け入れたのである。

ところがその意志を伝えた途端、青年は沈黙した。拒否されると思っていたのかも知れない。あるいは才野木の態度に気圧されたのかも知れない。それでも青年は思い直して才野木と会う意を決した風だった。

才野木はその青年と梅田のシティホテルのティーラウンジで会った。時間よりも早めに着いた才野木だったが、それよりも早くきて青年は待っていた。新幹線で由紀と初めて出会ったときに一緒だったあの青年である。青年は才野木を覚えていなかったようだが、それらしさから分かったのだろう、立ってお辞儀をして才野木を迎えた。

「山川と言います」青年は緊張していた。唇の端がピクピク痙攣している。

「才野木です」

才野木は不思議に思った。もう社会人になっている筈なのに、青年はジーパンに簡単なジャケットを着てスニーカーを履いている。

「由紀……、岡崎さんの件で伺いました」

青年は「由紀」と言いかけて、「岡崎さん」と言い直した。才野木は黙って頷いた。面談の目的を聞く必要はなかったが、青年が話の手順を踏んでいるのだから黙って聞いた。

「ボクは……、岡崎由紀さんと、つき合っていました」

才野木はまた黙ったまま頷いた。

青年は、「ところが、このところ会ってくれません。聞けば、貴方とのおつき合いがあって……」そこまで言ってゴクリと冷たい水を飲んだ。グラスを持つ手が震えている。

才野木はタバコに火を点けて、大きく吸い込んで大きく吐き出してから言った。

「君は、彼女とのことについて私に相談にきたのか、それとも交際を止めるように言いにきたのか、どっちなんだ？」

青年の表情に明らかなうろたえが浮いた。感情的な行動が先になって後先を考えていなかったのだろう。

「相談にきたのならお門違いだ。他の人に相談してもらいたい。彼女との交際を止めるように言いにきたのなら、その理由をはっきりと説明してもらいたい」

「こ、交際を止めてください」

「なぜ？」

「なぜって……」

「さっきも言っただろう。止めろと言うなら、その理由をはっきり説明してもらいたい」

「だって、結婚して……いるんでしょう？」

「ん、否定はしない。結婚はしている」

「じゃあ、由紀、いや、岡崎さんとつき合うなんて、どういうつもりなんですか？」妻帯者であることを確認して強気になったのか、青年は語気を強めて言った。

「どういうつもりとか、プライベートなことまで君に説明して、了解を得ようとは思わない。私には私の考えや気持ちがある。それに君は私に止めろと言うが、それは君だけの考えなのか、それとも彼女からそう言って欲しいと頼まれているのか？」

「………」

「彼女が私と別れたいのに、私が別れないから、君が決着をつけにきたというなら話は別だが」

「いえ、そういう訳では……」

「そうだろう。彼女からも電話を貰ったが、君は殴ったそうじゃないか。診断書を取らせたが、全治二週間の外傷ということだった。これは君、犯罪だぞ」

青年は更にうろたえた。由紀への思いから衝動的に起こした結果である。青年は全治二週間、それに犯罪という言葉を聞いて、とんでもない立場の弱さに気づいたらしかった。

「彼女のお父さまも激怒されているようだが、君は訴えられるかも分からないぞ」

「ボクは、そんなつもりじゃなかったんです。つい、思わず」

「そりゃそうだろう。だが傷害を受けたのは事実だ。それに彼女の話では君たちはちゃんと別れ話を済ませたそうじゃないか。過去どんなつき合いをして、どんな約束をしたことがあったかは知らないが、彼女に対して君の方から別離を宣言したそうじゃないか。それなのに今更の君の行動はおかしいと思うが……、それに殴ったりして」

「そのことは申し訳ありませんでした。悪かったと思っています」

「私に謝ってもらっても仕方がない。筋違いだ。彼女に謝るのが筋だろう」

「そうします。そのことは、そうします」喉が渇いたのだろう、また青年はグラスの水を飲んだ。

「でも、彼女と別れてくれませんか？」

「はっきり言う。彼女を傷つけるつもりは毛頭ないが、私は彼女が好きなんだ。しかしそれは私の気持ちであって、彼女が私と別れたいと思っているのであればそれはそれで仕方がないことだ。しかし私から彼女と別れるつもりはない」

「そんなこと言って、彼女を幸せにすることができるんですか？」

「どういう意味で言っているのかは分からないが、私がつき合いをやめれば君は彼女を幸せにできるのか？」才野木は強い語気で言い返した。

青年の社会人らしくない身なりがそう言わせたこともあった。妻帯者ならつき合う資格がないと青年は言いたかったのだろうが、理屈のやりとりでは才野木を凌ぐことはできそうになかった。

才野木もまた、君は大学生なのかそれとも社会人なのか、由紀君を幸せにできるどんな社会的な実力があるのか、と言いたかったが見てとるところそれは意地悪な言い方にも思えてその言葉を飲み込んだ。

「いずれにせよ、彼女の気持ちを横に置いて、私と君とで決められる事柄とは思えない。そうじゃないのかな」

青年は反論できずに黙って頷いた。

「私の心情からすれば彼女を殴った君を許せないが、君の彼女に対する気持ちも分からないではない。男として好きな女に対する気持ちは分かる。だが君も男なら、暴力をふるうような卑怯なことはせずに、彼女が別れたいと言っているのであれば気持ちよく諦めて、彼女の幸せを祈ってやるのが男というものだろう。本当に彼女のことが好きならば、尚更のことだと、私は思うが……」

瞬間、青年は才野木の瞳を見据えたのだったが、しかしすぐにその視線を落とした。

「それは、そうなんですが……」

「ん、君も未練があるのだろう。それは理解する。私としては愉快ではないが、彼女に、もう一度電話をすることは認めよう。それは、彼女の君に対する気持ちの確認の為の電話だ。君だって暴力のことでは一度は謝らなければならないだろう。そうでなければ君にも後悔が残るんじゃないのか。どうかな？

ただし、彼女がこれきりにして欲しいと言ったら、君も潔く彼女を忘れてやってくれ。二度とおかしなことはしないと約束をしてくれ。そうでなければややこしいことになる。一方的に彼女を付け回したり、嫌がらせをしたりするようなことがあれば私は君を許さないつもりだ。君は傷害まで負わしているのだから、この私の考えは、はっきりと伝えておく」

青年はやり込められて頷いた。頷くしかなかった。

才野木は、青年に対して言うべきことを言いながら、自分の卑怯さも自覚していた。青年はまだ稚拙である。一方的に青年を圧していることは分かっていた。それに由紀の気持ちも分かっている。青年がどう言おうとも由紀の判断は決まっている。その確信の中で青年を説諭しているのだった。

青年の言うように、由紀をどうするつもりかと訊かれれば、才野木もまた不確かな立場なのである。青年も才野木も、由紀に対する責任と言う意味では不確かさの中にいる。

才野木は、逆の立場だったら、由紀への未練から青年と同じ行動をしたかも知れないとも思った。青年と同じ年代だったら、である。自問をしながら言葉をつないだ。

「私も君と同じ年代を生きてきたが、人生は長い。その時々では唯一無二と思われる事柄でも、後年になって考えると、実は選択肢が幾つもあったことに気づくこともある。彼女はすばらしい女性だと私も思う。その意味では君の未練も分かる。がしかし君にとって、彼女が唯一無二であるかどうかは分からない。潔さも男の魅力なのだから、君もこの際は男らしくしたまえ。君にはこれからも素晴らしい人生があると思うし、新しい彼女だっていくらもできると思うよ」

青年は考えながら才野木の言葉を聞いていた。才野木の言い分に同意できたかどうかは分からないが頷いて、そして言った。

「分かりました。そうします。お目にかかって良かったと、いまでは思っています。お忙しいところありがとうございました」

激情に流されてはいるが人間性としては好感の持てる青年である。これで由紀と青年とのことは決着するだろうが、由紀にとってはこの青年とのつき合いの方が自分よりは建設的な意味があるかも知れない、という思いも才野木の頭をかすめていた。

才野木は青年に手を差し出した。青年は一瞬戸惑った風だったが、右手を出して才野木の握手に応えた。

別れて駅に向かう青年のうしろ姿は孤独感を引いて見えた。由紀にかける電話の結果は既に予測がついているのだろう。

才野木はこのことを由紀に知らせるために、申し合わせた曜日ではなかったが、夜のその時間になってから電話を入れた。父親や母親が出たとしても、それはそれとして腹をくくっていた。

電話には由紀が出た。青年とのやり取りを伝えた才野木に、由紀は「ホッとした」と漏らしたが、才野木は才野木で心にある自問から「これで本当に良かったのか」と漏らしていた。才野木の言葉に、由紀は「ええ、いいの」ときっぱりと答えた。

＊

翌々日、由紀から会社の才野木に電話が入った。青年から電話があったこと、自分の気持ちを正直に伝えたこと、青年も謝って一応の決着がついたこと、の報告だった。

「……そうか」と言いながら、才野木はほんの少し青年に同情していた。

五

「顔の傷も良くなったので、お逢いしたい」と言う由紀に、「できるだけ早く東京に行く」と応じていた才野木だったが、出張予定を組めないままに日が過ぎていた。

仕事の予定はないが、遊びがてらに上京しようかなどと考えていた矢先に、由紀の方から電話が入った。

「お父さまが亡くなったの。お葬式も済んだことだし、お母さまも許してくれたので、明日、大阪に行ってもいいかしら？」

「何だって！　亡くなられた、だって？」

思わず声が裏返って、才野木は慌てて冷えた茶を飲んだ。あまりにも思いがけないことだった。

「この前の電話で、彼のことについても、ボクのことについても、お怒りになったと、そう聞いたばかりじゃないか」

「ええ、そうなの、ところが、急なことで……」

意外と落ち着いた声が応えた。一体どうしたのだと訊いても、由紀はあまり話したがらなかった。

「お母さまも了解しているのなら、構わないが……」

「ええ、それは大丈夫」

「なんなら、ボクの方から東京に行こうか？」

「いいえ、わたくしが参ります。できれば大阪ではなく、京都でもいいかしら？」

「それは構わない。それで……泊まれるのか？」

「ええ、……そうしたいの」

京都駅での合流を約しておいて、才野木は急いで京都駅前のシティホテルをリザーブした。何ぶんにも由紀の行動予定が分からない。特別の事態だから他の予定と兼ね合わせている可能性もある。状況によってはいかようにも変更のできるシティホテルが都合いい、と考えたのだった。それにそのホテルは駅前にあるのに団体を入れない落ち着いたホテルで、部屋も広々として静かなのが気に入っていた。

＊

翌日、才野木は京都駅で由紀を迎えた。

由紀は思ったほど落ち込んではいなかった。才野木の気持ちも安らぐ。取り敢えずホテルのチェックインを済ませる。

館内の料亭で、松花堂弁当の昼食をとりながら、由紀が言う。

――いつも行く図書館にいたらお母さまから緊急電話が入った。お父さまが職場で亡くなったと言う。あわてて収容されている病院に駆けつけたところ、警察や勤め先の役所の人やらが大勢きていて大騒ぎになっていた。死因は虚血性心不全だということだった。父方の叔父が葬儀を仕切ってくれて一応のことは片付いた。なんとも気持ちが落ち着かず、無性に才野木さんに逢いたくなってお母さまに打ち明けたところ、黙って聞いていたお母さまは頷いて「行ってらっしゃい」と言ってくれた。お母さまはたいそうなショックを受けているにもかかわらず毅然としていて、その強さには感心した。お母さまには実の妹が付いてくれているので心配はいらない。心配させたくないので、夜には電話をしたい。明日は某寺にお参りに行きたい――

才野木は一連の経過については承知もし、由紀の気持ちも理解したのだったが、「行ってらっしゃい」と言って許したという母親の考えは測りかねた。

昼食を済ませてから由紀が言う寺を訪ねた。岡崎家の菩提寺の総本山らしかった。由紀は合掌して長い時間瞑目していた。

才野木は義父の死についてはあまり触れないようにした。いつもと同じように二人の再会を大事にする振る舞いの方がいいと思った。由紀はその為に京都まできているのだ。

昼食をとった館内の同じ料亭で、京料理の夕食を済ませて、才野木と由紀は二人の夜を迎えたのだった。

部屋は特別室でもないのに二部屋続きである。廊下から入り口ドアを開けると、両サイドがクローゼットになっており、奥の仕切り扉を開けるとリビングルーム、更にその奥の仕切り扉の向こうがベッドルームになっている。ツインベッドもキングサイズである。それに、とても広めのバスと洗面がついている。廊下の音も聞こえない、ゆったりとした空間がそこにあった。

由紀は「抱いて欲しい」と言った。青年との暴力沙汰、義父の死、と異常事態が続いている。由紀の心は才野木に拠り所を求めていたのだった。不謹慎な気がして口には出せずにいたのだが、才野木もまたたまらなく欲しかった。

ナイトランプだけの仄明りの中で、才野木の優しく丁寧な長い愛撫をうけながら、由紀は何度も「嬉しい」と呟きを漏らした。そしてぬるま湯の中で寛ぐように、トロトロと溶けていったのだった。

安息が戻ってから由紀が電話をしたいと言う。お母さまが出たら一言電話に出て欲しいとも言う。それは構わないのだが、相手は母親である。しかもこの立場でのこの状況下である。

何と言えばいいのか？　構わないとは言ったものの才野木には気の重さが広がった。

電話は直ぐに繋がった。母親と娘の、才野木が初めて聞く会話である。

「じゃあ、才野木さんに代わる」

才野木は少し動悸がした。深呼吸をしてから受話器を受け取った。

「才野木です」

「岡崎でございます」葬儀も終わってもう落ち着いているのか、持ち前の気品なのか、静かな声が返ってきた。

うまい言葉が思いつかず、「由紀さんからお聞きしました。この度はご愁傷さまです」と平板な言葉が口をついて出た。

「有難うございます。由紀がお世話さまになっております。また今回は突然にお邪魔させていただいて申し訳ございません。お世話をかけていることと思いますが、どうぞよろしくお願いいたします」

「は、恐縮です」

それだけ言いかわしたところで由紀が引き取った。

由紀の話し方の品性は、母親との生活で培われたものだろうと想像していたのだったが、やはりそうだった。母親には頷ける品性があった。

それ以降どんな話を交わしたのか、由紀は時々声を出して笑った。じゃ明後日にね、と言って電話は切られた。

「明後日？　あさって、戻るの？」

「ええ、明日も京都にいるつもりなの。ご迷惑かしら？　お忙しいと思うからお昼間はお仕事をなさって、夜はまた逢って欲しいの」

「いいのか？　二泊もして？」

「ええ、お母さまにも、そう言ってあるの」

こうなれば詮索は止めよう。仕事のスケジュールは何とでも調整できる。

由紀はこのままこのホテルでいいと言ったが、同じ泊まるなら京都らしい落ち着ける所がいい。才野木は『嵐山山荘』に明日の予約を取った。良い部屋が取れたのは幸いだった。由紀も心を放して寛ぐことができるだろう。

一方で才野木は、母親のことが黒い霞となって気持ちの中で広がっていくのを避けることができなかった。母親の了見が測れないのだ。母親は伊豆旅行の相手が才野木だったことを知っている。妻帯者であることも知っている。それなのに、こうして京都旅行を認めている。しかも二泊で……。どんなやり取りをしたのかと訊いてみるのだが、由紀は微笑むばかりでそれには答えなかった。

＊

『嵐山山荘』は、渡月橋辺りにある桟橋から、専用の小さな送迎船で桂川を少し上流に遡った所にある。

そこは桂川でも嵐山に最も近い所で、その旅荘一軒だけがそこにあった。旅荘と言うよりも、料亭旅館と言った方がいいかも知れない。京都でも料理でその名を馳せている。建物は鉄筋コンクリート構造だが、周囲の景観と釣り合うように数寄屋風の二階建てで、すぐ横には桂川に下っていく自然の渓流があって、そこにもみじの大木が垂れている。蒸し暑い日が続いているが間違いなく涼しく感じる筈だった。

部屋からは、細く蛇行する渓流に、垂れた緑のもみじが連なって見えた。

「あらぁ、いい感じ！」

障子もガラス戸も開け放って、由紀が感嘆の声を漏らした。何処に行ってもよく感嘆を漏らす。それは才野木への上手では決してない。才野木が出入りする所は、いずれも大人びていて、新鮮に感じるらしかった。それらに触れる度に、大人びていく自分を自覚するのだろう。

折角の京都の奥座敷である。二人は分かれて渓流沿いにある離れの大浴場を使った。そこは檜の大風呂で、すぐ眼下に砕かれながら蛇行する清流と、その涼やかな瀬音を楽しめるのだった。才野木は透明な湯に揺らぎながら瀬の音を聞き、もみじの濃い緑に浸った。

二人は薄い水玉模様の浴衣姿で夕食膳についた。鮎を挟んだ会席料理である。そよぎ込む涼風、うちわを使いながらの膳、これらは京都の趣を強く感じさせる。青竹の筒から子竹のぐい飲みに注いで飲む冷酒もまた、京都の夏を感じさせる。

この雰囲気と料理は由紀に強い印象を与えたようだった。何枚かのスナップを撮り、自分もうちわを持った浴衣姿で納まったりした。

仲居が引いてから、二人は部屋付きの風呂を楽しんだ。優に四人くらいは入れる檜造りの大きな浴槽で、大浴場とはまた違う趣とくつろぎがある。渓流側は広い窓になっているが、灯りを落とせば人に見られる心配はない。外は闇なのに、目が慣れれば、仄かな明るさが浴室内に残っているのが不思議だった。

＊

翌朝、同じ部屋で朝食をとった。蝉の声がことのほか激しい。昼にはきっと暑くなることだろう。

京都駅での別れ際に、由紀はトラブルになったたった青年とのことについて、「ありがとう」と礼を言った。才野木は黙って頷いた。

青年との付き合いの程度については何も質していない。肉体の関係は無かったことを、才野木が一番よく知っていたからである。

「これからは、いつでも電話を下さらない？　お母さまも承知して下さっているし……」と言う由紀の言葉に、「分かった」と応えたものの、才野木の頭には母親のことが濃い靄となって残っていた。

「京都まで逢いに来て……よかった」由紀は一言を残して新幹線に乗った。

新幹線は十八時発だった。ホームで見送ってから才野木は車に戻った。名神高速道路の渋滞した車の赤いブレーキランプの列が動かなくても、才野木の気持ちは妙に落ち着いていた。

◇

岡崎の家では、由紀の母親のよし乃が、死んだ夫の弟の訪問を受けていた。泊り込んでくれていた実の妹が帰った後のことである。

義弟は岡崎武雄と言い、結婚して二人の子供をもうけたものの離婚して、いまでは中途半端な人生をあやふやに生きている男だった。

夫の死に遭った岡崎の家にとっては、何かと仕切り役を担ってくれて助かりはしたのだったが、よし乃にとっては元々馴染めない義弟だった。同じ兄弟でありながら、夫と違って男臭すぎる。その脂ぎった顔が不潔に感じるほどに馴染めないのだ。

それればかりではない。再婚して義姉弟となってからというもの、武雄は時々顔を出しては色目でよし乃を見た。べっとりと、躰中を舐め回されているような視線を感じることもしばしばだった。

離婚して久しかったから男心を持て余しているのも分からないではなかったが、子連れで再婚したよし乃には、どうせ男を渡ってきた女なのだ、と扱われているような気がしてならないのだった。だから警戒心だけでなく、強い嫌悪感もつのっていた。

夫がまだ生きているころ、よし乃は武雄に襲われたことがあった。本気なのか冗談なのか、よし乃の抵抗で諦めはしたものの、その後もなにかと岡崎の家を訪れては意味ありげな視線でよし乃を見た。

留守のときの訪問が多いことを知った夫が疑念を抱いたことがあった。よし乃は怒りを込めて抗弁したが、疑いが消えていたかどうかは分からない。

「この度は、色々とありがとうございました」

「何かと疲れただろう。今日はどうしているか……心配になって、な」儀礼的に礼を言うよし乃に、武雄は意味ありげな言い方をした。

「お陰さまで、もう落ち着きました。ところで、今日は、特別なご用事でも？」

「ん……」

武雄はコーヒーカップを置くと、ねっとりとした視線で、よし乃の全身を舐めるようにして見た。

「あんたには手痛い思いが残っているが、あれは……まだ兄貴がいたときのことだ。だがもう兄貴は死んだ。これからはきっと、あんたも寂しくなる。男も欲しくなる。どうや、時々は、わしがここに来ようと思うが……」

「…………」

「いま直ぐでなくてもいいが、いずれは、わしと一緒にならんか。兄貴の残したこの家や。わしの権利もあるやろう」

よし乃の背中に虫唾が走った。やはり、そんなことか。この男はその程度の男だったのだ。下卑た言葉遣いと、侮蔑された怒りに、躰が震えるほどの強い拒否感を覚えた。よし乃は軽蔑の目で武雄を見た。

「はっきり申し上げておきます。わたくしには、そんな気は全くありません。今後、この家にくることは、控えてくださいまし」

よし乃は毅然として言い渡した。このよし乃の態度が武雄を激情させた。武雄はいきなり飛びかかると、よし乃を畳に押さえ込んだのである。

よし乃には逃げる間もなかった。抑え込まれながら、よし乃は武夫の瞳を見た。血走った瞳には腹立たしさと、欲情の焔が燃え立っている。

もちろん武雄に従う気はない。よし乃は激しく抵抗した。よし乃の振りまわした両手が武雄の顔面に傷をつけたが、武雄は怯まなかった。

死んだ二人の夫には暴力性もこんな強引さもなかった。この男はなんという男だ。品位に欠けるだけでなく、力で思いを遂げようとする。よし乃の嫌悪感は更につのった。だが同時に躰の芯から何かが生まれてきていることに気づいて狼狽した。

あろうことかその生まれてきている何かが、女の躰の、熱を求める血流を感じさせるのだ。小さかったそれは、もみ合う内に、まるで水面に落ちた絵の具の一滴のように躰中に大きく広がっていくのだった。

武雄の傍若無人な手が、よし乃の膝を割ろうとしたそのとき、崩れてしまうかも知れない――意味のはっきりしない疼きとともに、よし乃はぼやけていく不確かな自分を実感したのだった。

夢中で振り回した手の爪が武雄の目を掻いたらしい。飛び上がって武雄が怯んだ。はねのけるようにして逃れたよし乃が叫んだ。

「出てって！」

「二度と、ここには、こないっ！」

武雄は荒々しく言い捨てると、畳を蹴って部屋を出て行った。

「もう、二度と、こないでっ！」よし乃も、武雄の後ろ姿に向かって大声で叫んだ。

よし乃は零れる涙を扱いかねた。悲しいのではない。恐ろしかったのでもない。そのときに生まれてきたものが、耐えてきた性の疼きであったことに気づいて哀しくなったのだった。もし武雄ではなく他の男だったら、むしろ自分から崩れていったかも知れないとさえ思った。

よし乃は、今日までの女としての人生の虚実と空白を思い、自分の人生はこれで良いのだろうかと、今さらのごとくに心に問うた。

正直に言えばこのことは今にして感じたことではない。長野で生きてきた人生においても、東京のこの家で生きてきた人生においても、通底して抱え続け、悩み続けてきたことだった。

心底に、そんな虚実と空白に絡められた心があったからこそ、道は外れているが思いを寄せる男に向かって煌めきながら走っている由紀を、よし乃はいままで黙って見守ってきていたのだった。よし乃は由紀と自らの人生を対照として振り返った。

六

年はかわった。

東京都内の年始挨拶のスケジュールを終えた才野木は、損害保険会社の内勤に就職が決まったお祝いに、由紀を伴って皇居のお堀端にあるフレンチレストランに赴いた。

由紀は、社会人になるという自覚のせいもあるが、学生の色も抜けおちて着るものにも化粧にも洗練された女らしさが加わってきた。才野木はそんな由紀をまぶしく見た。

気持ちの在り様とか、芽生えた自覚とか、新しく触れた経験とかは、一皮も二皮も女を変えていく。今日の由紀は、品川のホテルのラウンジで他の客の女と比較して自分の幼げさを気にしていたあの頃の由紀を、彷彿として才野木に思い起こさせた。あの時はそのせいでホテルの部屋に移ることになった。それが動機となって男と女として触れ合うことになったのだったが……。

乾杯の後、合わせたグラスを置いて由紀が言う。

「就職も決まったことだし、入社する前に何処かに連れて行って欲しいな……」

「いいとも、何処がいい？　どこにでも連れていってあげる」才野木は即座に応えていた。

どこでもいい。由紀を連れて、もう一度北海道のような旅に浸ってみたい……。静かなときめきが才野木の頭でさざめいた。

「これからは長い旅行は難しくなるでしょうから、お時間を頂けるのであれば……九州に行ってみたいの」

「九州？　九州に行ってみたいのか。いいとも。よし、じゃあ、大阪までおいで。大阪から車で行こう。途中、気に入った所があれば何処でも寄り道をすればいい」

「ホント？　嬉しい！　私も免許証を持って行きます。少しは運転させてくださいね」由紀は目を輝かせた。

大人気ないとは思うが、再び楽しい旅ができると思うと才野木の心はどうしようもなく逸った。あの北海道旅行の日々が思い出されてくる。健康的な色気を発散させている由紀を盗み見ながら、才野木は甘い味のするワイングラスを傾けた。

由紀の後ろの透明ガラスの向こうでは、黒く沈んだ皇居の松の影に、点々と白い街灯が浮いて見えていた。それは黒に浮くぼんやりとした白だった。

九州旅行は三月一日から一週間程度と決めた。

*

才野木は、妻にはゴルフの予定を含んだ九州出張をかこつけた。背信感はあるが他に手立てはない。北海道のときと同じだ。

日が経つにつれて背信の意識が次第につのってくる。しかしそれには自分自身で気づかぬふりをする。これも北海道のときと全く同じだ。したがって妻との時間では、目が会わぬように、視線をそらしていたかも知れない。


そして三月一日、才野木は新大阪駅で由紀を迎えた。由紀はジーパンに厚手のセーターを着て、大きなバッグをもって現れた。

「大きなバッグだね」と才野木が言うと、「あれこれと入れていたら、こんなになっちゃった」と由紀は肩をすぼめて微笑んだ。一向に構わない。トランクは大きく空いているのだ。

車は新御堂筋を経て中国自動車道に乗った。

才野木は逃げ出すかのように一気に近畿を駆け抜け、岡山辺りに入ってから休憩のためにサービスエリアに入った。そしてラフなゴルフ用の服装に着替える。肩が軽くなる。何かから抜け出た気分だった。

「由紀、いまから、九州旅行だ」といった、言葉のない才野木の言葉から気持ちの内が理解できたのだろう、由紀は頷いて、そして微笑んだ。

車は延々と走り続けて、初日の宿泊地の小倉に着いた。由紀は、東京からは新幹線で、さらに新大阪からは車で、という長い行程だった。才野木もだが、二人ともに躰は疲れていた。でも少しも苦痛ではなかった。ともに行動しているその時間こそが旅行なのだ。

ホテルは旧い建物が連なる小倉港の岸壁の海際にあった。ここには大都会と違って縦横に交錯する光の反射はない。喧騒もない。点々と灯る黄白色の街灯が、煉瓦の壁や、黒く沈んだ石畳の路地をぼんやりと浮き上がらせているだけだった。海面も凪いで黒い。深い落ちつきとしみじみとした旅情が、柔らかく二人を包んだ。

＊

二日目は唐津泊まりである。呼子に寄って活けイカを食べ、唐津城を観光して鏡山に登り、山頂から虹ノ松原を眺めた。延々と続く松林と青い海とのコントラストが美しい。潮風を何度も肺いっぱいに吸い込み、そして吐いた。

そして、どこまでも続く松林の中に一軒だけあるホテルに泊まった。

＊

三日目は長崎である。

歴史とロマンの街を意識して、才野木はカジュアルなブレザー、由紀は中ヒールにモスグリーンのツーピースと洒落た。

平和公園を振り出しに浦上天主堂から出島に回り、中華街に入って遅がけの昼食に皿うどんを食べ、後半は大浦天主堂からグラバー邸を回り、稲佐山展望台に登った。

展望台から、深く切れ込んだ湾と長崎の街並みを遠望していると、ゆっくりと入ってくるオランダの帆船が目に浮かんでくる。時空を越えた幻想の世界にいざなわれ、しばし時を忘れて過ごした。

着いたホテルは茶褐色のレンガ造りの建物だった。レンガを蔦の緑が被っている。足を踏み入れてみれば、館内のいたるところが長崎の街の幻想の延長線上にあった。異国情緒が沁みてくる。旅情に染まっていくのが分かる。

夕食を終えてから、サロンの暖炉で、薪の炎に照らされながらワイングラスを傾けた。グラスの中でも炎が燃えている。

「由紀、とっても幸せを感じているの。……ヨシさんは？」由紀が呟くように言う。

「そうだな、薪の炎はいいいね。柔らかい温かみがある。それに、優しい。……この雰囲気に酔っているのかな？」

「そうじゃないの……」由紀は揺らめく炎に視線を止めたまま呟き返した。

「そうじゃないって？　この雰囲気のせいじゃないの？」才野木は軽く首を傾げた。

由紀は遠いところに視点を置いて、何かに漂って揺れているようだった。次いで「いままでと違うの。……ん、きっとそうだわ、きっと」とまた不透明な言葉を呟いた。

北海道のときと同じように、遠い長崎の街では開放された心境になれる、ということかも知れないと才野木は思った。

「北海道のときは、どうだったの？」

「北海道のときも幸せだったけど、……少し違うのね」と言う視線を受け止めて、才野木が
「東京や大阪は日常感があるが、長崎は遠く離れて、異国的な感じがするからだろう」と返した。

「ええ、それもあるの。でもそればかりではないの。……いいの」グラスを傾けながら由紀は曖昧に微笑んだ。

（……東京からは遠く離れていて、日常と切り離されて気持ちが解放されるという意味では、北海道もそうだった。だが北海道旅行に比べてこの九州旅行では、精神面だけでなく、特に肉体面に色濃い違いを感じている。北海道旅行では躰中の細胞が染められ続けている感じを覚えたのだったが、この九州旅行では肉と血が深いところで溶けるようになったような感じがする。その肉体感覚がある……）

＊

四日目は阿蘇を経由して湯布院である。

茂木港から富岡港まで船で渡って天草に上がり、パールラインを走って熊本に入り、市内

を通過して阿蘇に向かった。

三月の阿蘇はもう暖かいだろうと思っていたのに、草千里の風はいまだに肌寒さを孕んでいた。それでも由紀はジーパンにピンクの半袖セーターを着て、首に白いスカーフを巻いているだけだ。

由紀は、放牧されている遠くの馬が右に向かって走れば右に、左に向かって走れば左にと、まるで競争するかのように走っても見せた。深い性に向かって一直線に駆け上っていく一方で、そんな幼げさを見せるときもあるのだった。才野木はそんなお茶目な由紀をほほえましく見た。

阿蘇を後にして湯布院に向かった。

由紀が雑誌で知って楽しみにしていた湯布院の宿は、『たきもと』という宿だった。田舎家を移築したものらしく、それらしい旧さと、手を入れた新しさとが違和感なく調和した外観だった。

下足番の老人も、仲居も、女将もが作務衣姿で二人を迎えた。

案内された離れは茅葺き家で、囲炉裏の間があった。風呂は総檜造りで木の香りも新しく、トイレも近代的なウオシュレットだったが、田舎家のそれらしさのためか全館暖房はなかった。

湯の後の浴衣半纏で、囲炉裏の炎に照らされながら地造りの焼酎を楽しみ、山菜料理風の会席料理を楽しんだ。

夜具には懐かしい湯たんぽが入っていた。郷愁が染みてくる。二人は素裸になって夜具深くで、暖め合い、確認し合い、そして重なり合った。静かで深い郷の夜の巣ごもりである。

ところが異変が起きた。安息に浸っていた由紀が、突然、空気を切り裂く悲鳴をあげたのだった。

「何だ！　どうした？」才野木も跳ね起きた。

由紀が震えながら指さした天井の一角に、トカゲのようなものが張り付いている。才野木も驚いた。爬虫類は苦手だ。だが放ってもおけない。才野木は火箸を手にして踏み台に乗った。ところがそれは精巧に作られた木製のヤモリだった。

朝食時に「……お気づきでしたか」と女将が説明してくれた。田舎風の茅葺家を印象づけるために施してある演出だったらしい。

由紀は合点がいかぬ風だったが、才野木たちのような客に一味加えようという亭主の魂胆に苦笑いをして済ませた。一味違った印象を残した湯布院だった。

＊

五日目は別府に移動した。

鉄輪をはじめ、方々で白い湯煙を噴き上げている街は、まさに温泉の街だった。二人は霧雨の中を相合傘で市街観光と洒落こんだ。

ホテルは大型の観光ホテルだったが、時間が早いせいか、喧騒も無く静かに落ち着いていた。素晴らしいのは、ロビーからも部屋からも、別府湾の大パノラマが望めることだった。夕食膳を済ませて部屋の灯を落とすと、漆黒に変わった別府湾に遠く漁火が流れていくのが知れる。明日はこの瀬戸内海を、フェリーに乗って大阪まで戻る予定である。

とうとう九州の旅も終わる――北海道の層雲峡での最後の夜と同じように、未練気を曳く深い感慨が才野木に湧いてきた。

（……もうこんな旅はできないかも知れない。……美しく、淡く、漂い続けた旅のそこかしこが思い出されてくる……）

＊

六日目の最終日、フェリーの出港は午後五時である。

それまでは見残している温泉街をのんびりと観光する予定だった。ところが目覚めてみると、どんよりと雨雲に被われ、霧雨が舞っているではないか。昨日に続いての雨だ。

いいではないか、そのうち雨もあがるだろう。朝風呂を浴び、ゆっくり目の朝食をとってから、霧雨の街に出た。『地獄』を散策し、『地獄蒸し』を楽しんで時を過ごした。

天気予報は当たった。乗船するころにはすっかり雨も上がった。凪いだ海にはもう漁船も出始めている。


初めての船旅である。早めに乗船した。

船室はバストイレ付きの、ツインルームの特別室である。ソファコーナーにはカウンターバーも付いている。掃き出しの大きな硝子戸の外側には、広くはないが専用のデッキもついていた。そこに出れば後ろに流れていく航海波も、瀬戸内海の潮風も存分に楽しめそうだった。


ドラが鳴って、船はゆっくりと岸壁を離れた。

防波堤を抜け出た辺りから速度をあげ、蹴った波が盛り上がるようにして後ろに流れていくようになった。

由紀はデッキに出て、髪をなびかせ、スナップを撮ってくれと言う。才野木はファインダーを覗いて、女の表情はその感情と連動することを実感した。後日に見たその写真は、誰とどこに行って、どんな場面で撮った写真かと、好奇の想像を招くに充分な情緒に満ちていた。

夕陽が沈んでいくときには、空と海が茜色のグラデーションになって染まっていった。さらに時が過ぎていくにしたがって、点在する島々が、次第に黒い薄い陰りに変わっていった。そんな空と海と島々を眺めながら、レストランで夕食をとった。その光景は瀬戸内海の船旅を強く印象付けた。

シャワーを使い終わる頃には、外はすっかり暮れてしまった。部屋灯を落としてベッドサイドのナイトランプだけにすると、航海する船や島々が薄墨の景色となって流れていくのがよく見えるようになった。

「……いい感じねぇ」しみじみとして、由紀の口から言葉が漏れた。

誘引されるようにして、由紀の脳裏に才野木と歩いてきた過去が甦ってきた。

（……そうだった。初めて会ったのは新幹線の中だった。彼は大人だった。一方の自分には、巣立つ前のヒナが成鳥に憧れるのに似た心情があった。大人の男性への憧れもあった。

初めての夜を過ごしてからは、熱いときめきにとらわれるようになった。そして大好きになった。いつも一緒にいたいと思うようになった。

伊豆の旅、北海道の旅、東京や京都で過ごした夜、そしてこの九州旅行——それらは一直線に登っていく女の性の道でもあった。これほどに心が焼け、躰がこれほどに熟れていくことを初めて知った。そこには不安もある。畏怖もある。でも痛みすら感じるこのときめきからは離れられない。抱かれては延々と彷徨させられ、このまま死んでしまうのではないかと思う苦しさを感じるときもある。でも時間が過ぎれば、またそれに憧れていく自分の心と躰がある。長崎のホテルでも、そんな心情を漏らしたのだったが、彼に伝わっていたかどうか……）

燃え尽きた後の安息の中で、ワイングラスを傾けながら、膝の由紀の髪を梳いていた才野木にもふつふつと感慨が湧き上がってきていた。

（……伊豆、北海道、そして今回の九州と、濃密な時間をたっぷりと過ごしてきた。発見した由紀の躰の特質にも耽溺してきた。……だが、この溺れるような付き合いをいつまで続けることができるだろうか？　いずれ訪れるに違いない別離のとき、この躰を手放すことができるだろうか？　脳裡に刻みついた耽溺の数々を、……忘れることができるだろうか？）

「いつまで、こんなつき合いを続けられるかな？」心の底にある漠としたものが、感傷に曳かれて、つい口に出てしまった。

「？　……ヨシさん、由紀と別れたいの？」

「そうじゃないが、このままだと由紀を……不幸にしてしまいそうで」

例え由紀が別れたいと言い出しても、たちどころに気持ちの整理がつくとは思えない。それなのに、由紀の躰に耽溺すればするほど、その深みが増せば増すほど、同じ量と深みをもって責任と責任を果たせぬときの罪を考えて、才野木の心は逡巡してしまうのだった。

「ヨシさんいいの。由紀が言い出すまで、こうしてつき合っていて欲しいの……。きっとよ、きっとよ、いい？　きっとよ」

「……………」


由紀の言葉に引きずられるようにして、別府での夜が才野木に甦ってきた。

（……由紀はかなり酔っていた。夜具に運んで顔にかかった髪を払ってやったとき、重そうな目蓋を開けてせわしげな息を吐いた。

才野木は、とうとう旅が終わるという、強い未練気に捉えられていたこともあった。薄く開いた由紀の唇の悩ましさに刺激されていたこともあった。就職すれば社会の男たちの好色の目に晒されるに違いないという、蔓延り始めた気がかりに囚われていたこともあった。どこまでも抱いておきたい。どこまでも、由紀を自分のものにしておきたい。才野木はそんな切ない衝動に突き上げられて、由紀の浴衣の紐を解いたのだった。と、由紀の裸身は波打ちながら待っていた。

堰が切れた。才野木の燃え立つ焔は、波打つ由紀の柔らかい裸身に、どこまでも溺れ込んでいったのだった。両手で包み込むようにして、大事に、大事に、何度も何度も、溺れ込んでいった。由紀もまた際限なく官能の波に漂い続け、何度目かの頂点が訪れたとき、目の奥で交錯した閃光とともに底のない穴の底に落ちていったのだった。

才野木が軽く頬を打つと、由紀は、浅く甦って深い吐息をついた。その淡い頼りなさにかき立てられて、才野木の血は再び由紀の躰に溺れ込んでいった。由紀もまた、才野木の熱い血に呼び覚まされて、再び官能の波を電波のように全身に拡散させていったのだった。

才野木は由紀の取り留めのない表情に酔い、由紀の溶けつづける官能と一緒になって溶け続けた。そして由紀の口からとぎれとぎれの嬌声がほとばしった刹那、才野木の脳髄も真っ白に炸裂した。そして由紀は再び深い穴の底に落ちていってしまったのだった。

……生きているのね、穴の底から甦ってきたときの由紀が、おもわず洩らした言葉だった……)

そんな昨夜の状景が鮮明に甦ってきて、才野木の脳裏を激しく駆け巡った。

船の航海灯はその進行方向を示す為、左舷は赤色灯、右舷は緑色灯、マストと船尾は白色灯と定まっている。遠くに、そんな上り下りする船の灯がゆっくりと動いていた。

才野木は流れていく航海灯を目で追いながらワイングラスを傾け、膝に乗せた由紀にも口移しに含ませてやった。

そして広島の海域に入ったところで、生まれ故郷はこの辺りだと教えてやった。由紀は「ヨシさんは……この景色の中で生まれたのね」と呟いてそっと唇を返した。

船は夜通し瀬戸内海航路を走り続けて、朝になってから大阪港に着いた。

北海道旅行では旭川空港で別れたのだったが、旅先での別れは後ろ髪を引いて切ない。今回は大阪で一夜を過ごして、気持ちの地ならしをすることにしていた。

某料亭の東京店で「こんなお店は初めて」と言ったのを思い出して、才野木は由紀をその店の大阪本店に連れて行った。

本店の建物は、今は鉄筋コンクリート造りに建替えられているが、伝統を象徴するかのように正面の入り口だけは昔の古い木造の平屋をそのままに残している。二段ほどの石段を上がって格子戸を引いて入れば、そこは三和土の土間である。今は使うこともないだろうが、火鉢を置いた三畳ほどの畳敷きの待ち合いを設え、その奥に旧い板目板でできた客を迎えるカウンターがあった。そこにも旧の素朴さがある。

しかし案内された奥内は、木の肌も新しい近代的な食事処となっている。旧を継いだ新である。

由紀には、そんな大阪本店を知ることや、東京とは何かが違う大阪の街並みを知ることには、特別な感慨があるのだった。東京だけでなく大阪もまた、自分の生活圏としての感覚が広がるのである。逢いたくなればいつでも大阪に来ればいいのだ。そこには、いつでも才野木の胸がある。由紀は正直そう思った。

七

九州旅行から二ヶ月あまりが過ぎた。由紀も就職をして新しい生活が始まっていた。

社会人ともなれば学生時代と生活のリズムが違う。気疲れすることも多い。職場にも慣れて生活が落ち着くまではと、才野木も逢うことを控えていた。

そんなとき、由紀の母親から突然の電話を受けたのである。丁度、昼食に出ようとしていたときだった。

「突然で申し訳ございません。別件で大阪に参っているのですけれど、お時間をいただけるようでしたらお目にかかれないでしょうか？」

くるべきものがついにきた。由紀とのつきあいをいつまでも放っておく訳はない、とは思っていた。由紀への電話の取次ぎも疎んじず、由紀の外泊についても才野木と一緒であることを知っていながらそれも許してきた母親だったから、その了見を測れないまま才野木も今まで甘えてきていたのだった。

ここにきて、おそらく母親は由紀との清算を直談判にきたに違いなかった。才野木にずっしりと重いものが被さった。母親に逢うことには引け目からくる躊躇いもある。だが逃げる訳にもいかない。

「承知いたしました。いま、どちらにいらっしゃるのでしょうか？」

「梅田というところ、だそうです」

「分かりました。ところで、お昼は？　よろしければご一緒に……」

母親は仕事の合間にとでも思ったのだろうが、昼時でもある、礼儀として誘いをかけない訳にもいかない。それに本題だけの四角四面の面談は避けたい。

「ありがとうございます。では、お言葉に甘えさせていただきます」母親は案外と素朴に才野木の誘いを受けた。

「では分かりやすい所で、近くのホテルで」

電話で言葉を交わしたことはあっても面識は一度もない。才野木はホテルの名前と場所を教えて、そこの和食レストランで待ってもらうことにした。

レストランに着いた才野木がレジ係に待ち合わせを伝えようとしたとき、「承っております」と指さした窓際の席に会釈をしてくれる一人の婦人がいた。

才野木は驚いた。由紀からは五十歳だと聞かされていたから相応な年齢の女性を想像していた。ところが間違いではないかと思ったほど若い婦人だった。

才野木は立って待ってくれていた母親と対面した。落ち着いた柄の和服の襟を引き詰めて、きりりと帯を引き締めている。

「才野木です」才野木には強い緊張がある。深く腰を折って名乗った。

それよりも深く腰を折って、「岡崎でございます。突然のお電話で申し訳ございません」と母親も名乗った。

「いえ、……いつも電話では失礼しております」

「わたくしどもの方こそ、由紀がお世話をかけておりまして……」

「いえ、私の方こそお世話をかけております」

可笑しいほど儀礼的な言葉が行き来した。

昼食ということもあって松花堂弁当を頼んだ。才野木は異常な喉の渇きを覚えた。母親は辞退したがグラスビールを頼んだ。オーダーがくるまでに時間の空白がある。話題を探すのに汗が出てくる。

「……大阪には、特別なご用件でも？」母親の目的も意図も分かっているのに、思わずそんな言葉が口をついて出た。

「ええ、わたくしの知り合いのことで」

「……、お知り合いですか？」「ええ」

似ている。由紀も「ええ」とよく応える。そのことが咄嗟に才野木の脳裏をよぎった。

才野木の頭は急回転した。母親は由紀のことで面談を申し入れてきているには違いないのだが、二人のことを何処まで知っているのかが分からないのだ。訊かれることにどこまで答えたものか……。

そこにオーダーがきた。異常に喉が渇いている。才野木は取り敢えずグラスを手にしてビールを干した。母親もグラスを手にしたのだったが、軽く一口含んだだけでグラスを置いた。母親も緊張しているのだろう。

箸を手にしてからは徐々に空気も和らいできた。食事をしながらであれば会話の空隙ができても不自然さはない。昼を挟んで助かった。

食後のコーヒーがきた。カップを手にしながら母親が口火を切った。

「大変、失礼なのですけれども……」

「はっ?」ついにきた。才野木の心が身構える。

「才野木さんは、広島のご出身でいらっしゃるそうですね」違う話題だった。透明な風が才野木の胸を過ぎた。

「ええ、そうです」

「……瀬戸内海の、お生まれだそうで」母親はよく知っていた。由紀はこんなことまで打ち明けていたらしい。

義父の死の直後に由紀が京都まで訪ねてきた。そのときホテルの部屋から、電話でお悔やみまで言ったのだから、由紀との関係は百も承知だ。それにそのとき由紀は、母親が「行ってらっしゃい」と言って京都行きを許してくれたとも言っていた。

また東京出張の折々に由紀は外泊を続けてきている。それに一週間ほどの旅行を二回もしている。母親は全てを踏まえていて、目をつむっていることは間違いなかった。

訊かれれば本当のことを話そう。道は外れているとしても、正直である方が人間信頼だけでも叶うかも知れない。才野木は幼稚な思いに徘徊していたと覚悟した。すると妙に気持ちが落ち着いてきた。

「そうなのです。瀬戸内海の小さな島の生まれです」

「じゃあ、お小さい頃は、海でお遊びになられたのですか？」

「ええ、そうです」

才野木は、生まれた島では皆そうなのだが、子供の頃は赤褌をして泳いだこと、その準備がない時は振りチンで泳いで遊んだこと、そんな生活は中学に入ってからも続いていたこと、泳ぎと釣りばかりしていたから真っ黒に日焼けして前も後ろも分からないくらいに黒かったこと、を衒いなく話題にした。

「まぁ！」母親は口に手を当てて小さな声で笑った。

母親と由紀は本当に似ている、と才野木は改めて思った。やはり母と娘だ。顔立ちもだが言葉遣いも似ている。由紀の品性はこの母親から受け継いだものだと確信するに足る大本らしさを才野木は強く感じた。

それにしても五十歳とはどうしても思えない。肌も若々しく艶々しい。才野木が思い切って訊いた。

「大変、失礼なのですが……」

「ええ、何でしょう?」

「由紀さんからは、お母さまは五十歳、とお聞きしていたものですから……」

「えっ、由紀はそんなことを申しましたの?」

「? ……」

「才野木さんは、四十三歳でいらっしゃるそうですね。わたくし、四十を出たところですのよ」と言って、母親は照れくさそうに口に手を当てて小さく笑った。

上品で気取りのない笑い方である。四十過ぎならば合点がいく。なぜ由紀は嘘を言ったのだろう?

母親は長野にいた頃のことを話題にした。長野にいたことは由紀からも聞かされていたが詳しいことまでは知らない。母親は長野での、夫との死別と離縁にかかるあらましを屈託なく話し、更に由紀を連れて後妻に入った夫にも先立たれてしまった、と付け加えたのだった。

「その節は、ご愁傷さまでした」

「ありがとうございます」と応じた母親には、そのことに触れる才野木を制する感じがあった。才野木は、それ以上は触れなかった。

「由紀から聞いておりますが……」きた。本題に入ってきた。いい、訊かれることには全て正直に答えるつもりでいる。

「才野木さんは、会社をなさっていらっしゃるそうで」また違う話題だった。

「ええ、でも小さな会社です。自慢できるような会社ではありません」

「そんなことはございません。ご立派でいらっしゃいますこと」

「それは買い被りです。大した内容の会社ではありません」

「由紀が申しておりました。会社をなさるのは大変なことなのに、エネルギーは何処から湧いてくるのかしらって」

「………」

「由紀は、才野木さんにお目にかかっていると、エネルギーを感じて元気が出ると申しておりました」

いやそれは逆だ。自分こそ由紀とのつき合いで若さが甦ってきた、と言いかけて才野木は慌ててその言葉を飲み込んだ。母親には言えないことだった。

由紀の仕事のことや生活上のことが話題になって、食後のコーヒーをお代わりしたくらい気がつかぬ内に時間は過ぎていた。

「あら、もうこんな時間」母親は腕時計を見て言った。午後五時になっていた。

「今日、お帰りですか？」

才野木は名残惜しいような気がして訊いた。由紀とのことを問い詰められさえしなければ、もう少し会話を楽しみたいくらい打ち解けていた。

「ええ、その予定ですの。才野木さんにお願いがあるのですが……」やはりきた。終わりになってから本題に入るのか。

「今日お目に掛かったことは由紀には内密にしていただけませんか。由紀には何も申しておりませんので……」

「……、承知いたしました」違った。才野木の心を薄い風が流れて過ぎた。

そんな才野木に、「今日は突然にお邪魔いたしまして、大変失礼いたしました。くれぐれもよろしくお願いいたします」と母親は丁重に和服の腰を折った。

才野木が新大阪駅まで送ると申し出たのだが、母親はそれを固辞して、独りタクシーに乗ったのだった。

結局、母親は由紀とのことについては何も口にしなかった。相手がどんな男なのか一度会ってみよう、糸口があれば由紀をどうするつもりなのか訊いてみよう、言えれば別れて欲しいとジャブしてみよう、……そんな含みだったのだろうが、切り出す糸口を掴めなかったに違いない。

才野木の胸を被っていたものは薄い風に流されていった。その反面、大阪まで出かけてきながら咎めの一言も口にしなかった母親の心を思うと、才野木には何とも言えない重いものが残った。その一方で、勝手な解釈だとは思うが、暗黙の幅を残してくれたような気もしていた。

それにしても――、才野木はおかしな心境だった。

由紀の母親なのに、才野木の脳裏では、熟れた一人の女性として残像を結んでいるのだった。母親には由紀の魅力と同種のものもあれば、全く異なるものもあった。別れ際に名残惜しさを感じたのは節度のないことだった。

母親が家に帰り着くのは十時ごろになるだろう。由紀に電話をして声を聞こうかとも思ったが、母親との面談を隠すのも気が引けて電話は控えた。

数日後、由紀にかけた電話に母親が出た。

「先日は、大変失礼致しました。お待ち下さい」と小さな声で言って取り次いでくれた。才野木は面談した時の母親を思い出した。思い出させたのは母親の声だが、思いだしたのはそのときの女の残像だった。

◇

母親と大阪で会ってから一カ月ほど経った頃、会社の才野木宛に母親から一通の手紙が届いた。

才野木祥之さま

拝啓　ごめんくださいまし。お元気でご活躍のこと何よりでございます。先般は突然にお邪魔いたしまして大変失礼しました。本日は由紀のことでお願いがございまして筆をとりました。重ね重ねの失礼の段、お許しくださいまし。

その折に少しお話いたしましたが、あの子が物心つき始める頃には既に父親は亡くなっておりました。お姑さまとのごたごたから逃げて母娘で東京に戻りましてからは、実家の者たちは由紀を可愛がって何かと気遣ってくれましたものの、卑屈な子供になりはしないかとそればかりが心配でございました。

ご縁あって再婚を致しましたが、主人は優しい父親でしたけれども、やはり由紀には打ち解けにくいところもあったようで、少々気がかりでございました。それが大学の四年生になったころでございましょうか、様子が変わって参りました。とても明るくなりました。いままで何かが満たされていなかったのでしょう。大学も規律の厳しい女子大でございましたから、それも少々負担になっていたように思われます。

由紀は明るくなっただけでなく、物事にも積極的になって参りましたし、わたくしに対しましても素直になり、よく助けてくれるようにもなって参ったのでございます。きっと良いお友達ができて人生観が変わったのだろうと思っておりました。やがて、お相手が貴方さまだと分かったのでございました。

考えますところ、貴方さまは、由紀にとりましては父親代わりであり、頼りがいのある社会人の先輩であり、頼もしい男性の見本であったのではないかと存じます。ところが、今日では貴方さまを男性一筋に見ているようでございます。女であるわたくしにはそれがよく分かるのでございます。

そこで一度お目にかかってみたくなり、いつぞやは大阪にお邪魔を致した次第でございました。お目にかかり、お相手が貴方さまであったことは本当に良かった、と思っております。

でも、由紀も年頃になって参りました。どうかもう見放していただけないでしょうか。このまま一途に貴方さまを思い続ければ、とどまるところを見失い、貴方さまにご迷惑をお掛けすることになるのではないかと、それも心配致しております。由紀が落胆し、悲しがることは日の目を見るより明らかではございますが、新しい人生は由紀自身がまた見つけてくれるものと信じて、このお手紙を差し上げた次第でございます。

わたくしの気持ちをお察しいただければ、これに勝ることはございません。お手紙にて大変不躾とは存じますが、お許し下さるようお願い申し上げます。

才野木さまには、これからも益々お元気で、御活躍くださること心からお祈り致しております。お躰くれぐれもご自愛くださいませ。

尚、由紀にはこのこと何も申しておりません。一存にて差し上げるお手紙でございます。このことよろしくご配慮くださいますよう併せお願い致します。

かしこ
岡崎よし乃

母親の手紙は批判的な言い回しを避け、それだけに才野木の心に響いたのだったが、やんわりと絶交を求めていた。

才野木には母親の気持ちが痛いほどよく分かった。そのとおりだと思う。由紀のためにもその方がいいのではないかとは思う。それは才野木の良心が今まで心の内で囁き続けていたことでもある。

しかし才野木にとっての由紀は、今や無くてはならない女になってしまっている。たちどころにあの躰を忘れることができるとは思えない。

いくら理性で考えても、あの躰に他の男の手が這い回ることなど、官能に漂うあの表情を他の男の視線に晒すことなど、あの肉体に他の男の欲情を飲み込ませることなど、許せるものではなかった。

才野木は逡巡した結果、母親には今の心情を正直に伝えようという結論に達したのだった。

母親に宛てて手紙を書いた。

岡崎よし乃さま

拝復　その節は大阪にて大変失礼致しました。またお電話ではいつもご迷惑をお掛けいたしまして申し訳ありません。

お手紙、恐縮かつ赤面しつつ拝読いたしました。貴女さまのお気持ちも、お考えも、痛いほどよく分かっております。誠にもって仰せのとおりだと存じます。

小生も、由紀さんと知り合ってからずっとこの方、彼女の人生を思えば思うほど、これでいいのかと考え続けておりました。考えれば考えるほど恥じ入り、迷い込むばかりでございました。

こんにち、いただいたお手紙に形ばかりのお返事をお返しする訳にもいかず、やはり正直に小生の心境をお伝えするしかないとの結論に達しました。

何度も申しますが、ご意向は痛いほど承知いたしております。しかしながら小生自身、由紀さんとの別離は、いまでは考えられない事態に至っております。

由紀さんと出会いましてから、おつき合いが深まるに連れて、ご性格や人間性をより深いところで理解するようになり、一層のこと愛しく可愛くなってしまっております。

小生の年齢からして倫理観や道徳観はないのか、とお叱りをお受けしても致し方がありませんが、正直なところは申したとおりの現状なのです。

では将来、由紀をどうしてくれるのだと詰問されましても、現時その答えを持っておりません。甚だ無責任に思われるでしょうが……。

由紀さんに対して遊び心が全くなかったと申せば嘘になりますが、しかし現在では真摯に心から愛しく思っております。こればかりはお疑いの無きようご理解ください。

勝手なことばかり申していることはよく承知しております。またこの手紙を読まれてさぞかしご立腹のことと思います。客観的にいかような制裁を受けることがありましても、いま由紀さんと別れることは出来そうにありません。お許しのこと伏してお願いする次第です。

お返事に困窮して時間が経ってしまいました。遅くなりましたこと心からお詫び申し上げます。

敬具
才野木祥之

一週間ほどして母親から二通目の手紙が届いた。いつもながら美しい字である。

才野木祥之さま
ごめんくださいまし。お手紙ありがとうございました。

わたくしと致しましては、とても嬉しゅうございました。わたくしの手紙を無視されないでお返事を下さったこと、由紀を本当に好いて下さっていること、正直にお気持ちを打ち明けて下さったこと、が嬉しゅうございました。

由紀の人生にとりましては、貴方さまと触れ合えたことは幸せなことでございましょう。しかしながら一方では、このうえなく由紀を不憫に思うのでございます。

結婚が女の幸せとは断じ切れませんが、しかし、そうでない方が幸せとも言い切れないのが女の生涯でもございます。どちらがどうかは一生が終わってみないと、しかも両方の人生を併せ持って比較してみないと分からないことで、これればかりはなんとも申しようがございません。

それならば、世間がそうであるように、形ある結婚をしてその人生に賭けてみるしか女の幸せを求める縁はございません。母親としては、いえ女としては、そのように考えるものでございます。ここのところは才野木さまのご見識にて、この意お汲み取り下さるよう重ねてお願い申し上げる次第です。

由紀にこうしたお話を致しましてもあの子の性格から致しまして叶うことではなく、こうしてお願いするしか方法がございません。ご再考くださり何分のご配慮を下さるよう伏してお願い申しあげます。

二度にわたりお手紙にて失礼のこと重ねてお詫び申し上げます。

かしこ

岡崎よし乃

語調は前回よりも強い。それに才野木の見識に訴えている。ある意味においては異議を申し立ててもいる。

才野木は困った。この手紙の返事はどうしたものか。母親の言うとおり大人の見識を見せるか、エゴかも知れぬが自分の意志を通すか、そのいずれかしかない。

返事に窮している内に、静岡出張の用件が発生した。明日は大阪を発たなければならない。手紙の返事は帰ってからにしよう、と思っているとき、由紀から才野木のデスクに電話が入った。

◇

珍しいことだった。社への電話は、緊急以外は控えてくれと伝えていたからである。

「やあ、どうした？　何かあったのか？」

「いいえ、ヨシさんこそどうかしたの？　ちっとも電話をくれないので心配しているの」

才野木は母親との手紙のやり取りで、今までのようには由紀の家に電話を掛けられなくなっていた。しかしそのことは言えない。謝った上で、明日は静岡に出張することを伝えた。

「ねぇ、逢えないかしら？」

由紀の心の熱が受話器を通して伝わってくる。本音を言えば才野木も逢いたかった。だがどうだろうか？

「逢えないこともないのだが……」才野木の言葉も歯切れが悪い。

「どうしたの？　変よ」

「……いや、そんなことは」

由紀が言うとおり、変といえば変だった。いままでは用件が無くても声を聞くためだけの電話もしてきた。だがいまは電話もできずにいる。

才野木はこの際は母親に内緒ででも由紀に逢いたいと思った。逢おうと思った。

「急だけど、外泊……できるか？」

「大丈夫、会社は休みを取るから」

「急でも、休めるのか？」

「ええ、有給休暇が残っているし、会社の指導もあって、みんな交代で取っているの」

「じゃあ、箱根でどう？」

「箱根？　嬉しい！　箱根に連れていって下さるの」

由紀の素直な心の内が、そのまま受話器を通して伝わってくる。そんな由紀がまた可愛い。やはり逢おう。逢わずにおれない。

芦ノ湖の山手に『つつじの丘ホテル』というホテルがあった。こぢんまりして落ち着けるホテルである。静岡の仕事を終えてから小田原に回り、湯本まで行けばいい。湯本からホテルまではタクシーで三十分ほどだ。由紀も新宿からロマンスカーに乗れば湯本まで直行で行ける。都内の方が便利はいいのだが、母親の手前、東京で由紀に逢うのはやはり気が引けた。

一旦、由紀の電話を切って、急いでホテルに電話を入れて部屋をリザーブする。由紀からの折り返しの電話は直ぐにかかってきた。ホテルの名前と、場所と、電話番号を教え、湯本からはタクシーで行くようにと伝えた。

「久しぶりだわ。……楽しみ」

「あっ、そうだっ！」

「えっ、なにっ？」

由紀の口を止めておかねばならない。

「このことは、お母さまには、内密にしてくれないか」

「あら、どうして、ですの？」

由紀が、どうしてと思うのは当然だった。それに内密にするなら外泊の口実がいる。

「どうして、ということもないのだが……」歯切れの悪い言葉が続く。才野木には他に言いようがないのだ。

「そんなこと、気遣いは要らないわ。……でも、分かりました」

「約束するよ」

「ええ、大丈夫、お友達のお家に行くことにしておきます」

くどいとは思ったが念を押した。「本当に頼むよ、約束だよ」「？　ええ」「じゃあ箱根で」と言い合って電話を切った。

そのホテルは小さいが四階建ての洒落たホテルで、広い敷地には、白、赤、ピンクのつつじがいっぱいに咲きこぼれるのだった。だがいまはその季節ではない。

＊

才野木は翌日、早朝の新幹線で静岡に跳び、予定を終えると急ぎ駅に引き返して、滑り込んできた上り新幹線に飛び乗った。

小田原を回って湯本に着いた時には、すっかり暗くなっていた。ところが駅の乗り場に待ちタクシーが一台もない。入車を待っている時間もない。才野木は仕方なく国道に出て逆向きのタクシーを止め、乗り込んでから無理やり方向転換させたのだった。

いつもは、山を登って下りにつく辺りから芦ノ湖が望めるのだが、いまは闇の世界だった。かなり約束に遅れてホテルに着いた。由紀はチェックインを済ませて待っていた。

「すまない。仕事が手間取ってしまった。心配したか？」

「いいえ、ヨシさんは嘘をつかないもの、心配はしてなかったわ。でも遅れた罰は受けて貰います。いい？」

「罰？　……わかった」

その途端、由紀は才野木に飛びついて、「逢いたかったの」と喘ぐ声を漏らした。才野木はそんな由紀の細い腰を思い切り抱きしめた。

このホテルの名物はフォンデュである。山麓の牧場で生産されたチーズを使う。それが売り物だ。テーブルでアルコールを燃やしながら、才野木は冷えたビールの、由紀はロゼワインのグラスを合わせた。

「お母さまには、何て言ってきたの？」やはり気になる。才野木が訊いた。

「お友達のお家に行くって。会社を休むことも言ってあるの」

「友達の家だって？　電話がかかるかも……」

「独り住まいで、その子のお家には電話がないの」

「？　……」

フォンデュの揚がりたてを「熱いわ」と言いながら飲み込んで、由紀はそう言った。才野木は、今頃電話のない家があるのかと思ったが、それ以上は訊かなかった。

やはり由紀も気になったのだろう、「ヨシさん、変よ」と話を振ってきた。

「えっ、変だって？　何が？」才野木は惚けるしかない。

「だって、お母さまのことずいぶん気にしているみたいだし……、今までそんなことなかったのに……」

「別に、気にしている訳では、ないんだが……」相変わらず歯切れが悪い。

由紀はわずかに首をかしげて、「ま、そのことは、どうでもいいけど」と肩で笑った。母親も手紙のやり取りを由紀には話していないことが知れる。

母親から由紀との別離を求められているという現実、その母親に内密にした逢瀬、という意識が刺激になったのかも知れない。才野木はその夜、飽くことなく由紀を求めた。由紀もまた、待ち焦がれてきた欲情をぶつけるかのようにしてそれに応えたのだった。

芦の湖の山手の一軒しかないホテルは、二人の秘密の逢瀬を包み込んで、闇の中で静かに更けていった。


翌日は爽やかな快晴を迎えた。花はないが、つつじの植え込みの遊歩道を、芦の湖を遠望しながら散策して、朝のひと時を楽しんだ。

由紀の揺れるブラウスの隆起が、才野木に夕べの柔らかさを思い出させる。タイトスカートから覗いた膝がその滑らかさを思い出させる。涼しそうな目元を引き立たせている厚めの唇は才野木を含んだ唇である。才野木に巡る思いを知る由もなく、由紀は芦の湖を渡る風に溶けて透明になった。

朝食をとりながら才野木が言った。

「もう一泊、したいね」本音だった。

「ええ……」

だが事情はそれを許さない。にっこり微笑み合って仮定は崩れて消えた。

ホテルの売店で寄木細工の小物入れを記念に買った。由紀は「記念になるわ」と、大事そうにバッグにしまい入れたのだったが……。

◇

母親から二通目の手紙を受け取って、既に十日以上が経とうとしていた。何がしかの返事をしなければならない。それは分かっている。だが才野木には返事の仕様がないのだった。そんなとき、才野木は母親からの電話を受けたのである。

「明後日に京都に参ります。由紀には内密にお目にかかりたいのですが……」母親の声音は変わらず上品で上辺は穏やかなのだが、内には断わらせない雰囲気が張りつめていた。

才野木は本当のところは気が重かったがそれを押して応諾した。そして驚いた。由紀を連れて泊まった『嵐山山荘』で会いたいと言うのである。ご存知ですかと訊かれて才野木は、ええまあ、としか答えられなかった。

「昼間は京都市内で人と会いますが、その日は『嵐山山荘』に泊まります。失礼ですけれど、遅くなることも考えて二部屋予約をしておりますので、よろしかったら、お部屋をお使い下さい」

これまた意外な内容に一瞬は戸惑った。しかし咄嗟のこととて才野木は思わず「恐縮です」と応えてしまったのだった。

昼間は人と会う——きっと誰かに相談するつもりなのだろう。その誰かを伴って自分に会うつもりかも知れない。遅くなることも考えて部屋まで手配した、という母親に才野木は並々ならぬものを予感した。

才野木は覚悟を決めた。誰と一緒でも構わない。罵詈雑言を浴びせられてもそれはそれで仕方がないことだ。もとより逃げて済む話ではないのだ。

＊

その日、才野木は約束の五時に『嵐山山荘』に着いた。

仲居の案内で廊下を行く間も、どう話をすすめるかを考え続けていた。同行している男は何と言うだろう？　それには何と応えればいいだろうか？　整理がつかないままに部屋に行き着いた。仲居が内に声をかける。

内から応えた母親は、入り口の間で両手をついて才野木を迎え入れた。凛とした和服姿である。母親は独りだった。

母親は床の間を背にする上座に才野木をいざない、自らは下座に座して向き合った。自分の肩身が狭いせいだろう、年下なのに母親がやけに落ち着いて堂々たる女に見える。才野木は早くも圧倒されていた。

「本日は、大変ご無理を申しました」

「とんでもありません。お手紙のお返事も遅れておりまして、失礼しました」

母親に険悪な雰囲気はない。和やかささえある。不謹慎なことだが、才野木は母親の和服姿に漂う蜜のような色気を感じてもいた。

「今日はお一人で京都まで？　もうご用件はお済みになりましたか？」

沈黙した母親を見て、才野木は間抜けなことを言ったことに気がついた。用件は自分と由紀とのことなのだ。汗が噴き出してきて、慌ててハンカチを取り出して拭った。

仲居が薄茶と干菓子をもって入ってきた。

母親は直ぐに食事にして欲しいと告げ、仲居が出て行くのを見計らってから才野木に茶を勧めた。堂々たる女がそこにいた。

「由紀には差し上げたお手紙のことも、今日のことも、何も申してはおりませんの」

「は、分かっております。私も何も言っておりません」

「そうですの？　箱根でご一緒でしたのに？」

「えっ？」何で知っているのか？　由紀が話したのか？　いや由紀が話すはずはない。

「由紀はお友達の家に行くと申しておりましたが、才野木さまとご一緒だったことは直ぐに分かりました」母親の言葉に険がこもって聞こえた。

無理もない。申し入れられた手紙にまだ応えていない。それに母親の意を無視して箱根で由紀に逢ってもいる。

「寄木細工の小物入れをとても大事にしているようです。たまたま目についたのですけれども……」

寄木細工？　あのときホテルの売店で記念に買った小物入れのことか？

「誤解はなさらないで下さいまし。そのことについて、とやかく申し上げるつもりはございませんの」

「恐縮です。……その、なんと言うか」

「そのことはよろしゅうございますの。お気になさらないで下さいまし」

完全に見透かされている。才野木は赤面した。沈黙と重い空気が淀んだ。

仲居が夕食の前菜を運んできた。会席料理だったから、それからは断続的に声が掛かって料理が座卓に載った。

食事を進めながら、母親は自分のことを話題にし、そして付け加えるように言った。

「女の幸せとは何なのかしら……。女の幸せはどんな生きざまにあるのかしら……。由紀には本当の意味で幸せになって欲しい……と、思っていますの」母親のこの言葉は痛みをもって才野木の耳に沁みた。

デザートが出た。氷のホコラに青葉のもみじを敷いて、小さな角切りにした西瓜が載っている。お愛想のデザートだ。果物はパパイアが二個、別盆に載って用意されてあった。

母親は仲居が座卓を片付け終わるのを待ってから、「後は、こちらでやりますので、もう結構です」とハッキリ告げた。仲居の「……では、お床を」という言葉も制して、母親は「後は構わないでくれ」と言い切ったのである。

才野木はこの場の気配から、仲居がどう想像しているだろうかと気を巡らせた。年恰好は釣り合っているが、連れ合いの風でもない。才野木が娘のことで呼び出されていることなど知る由もないのだ。

才野木は母親がこの山荘を面談の場所に選んだことも気になっていた。偶然かも知れない。そうでないのかも知れない。

母親は暮れた窓を閉めてカーテンを引き、内側の障子を閉めると、ビールを出してグラスを二つ座卓に置いた。才野木には「いまから話をする予告」に思えた。

母親は才野木のグラスに注いで次に才野木の酌を受けた。凛とした和服姿からは腹の座った覚悟が滲んでいる。

　母親がパパイアを切りながら口を開いた。

「お手紙でお願いしたことなのですが……」ついに本題に入ってきた。湿っていた空気が更に陰湿な重い翳りを帯びた。

「ご趣旨は分かっております。分かってはいるのですが……」

「やはり、由紀とは別れられないと？」母親は視線を手元のパパイアに止めたままだ。

「誠に申し訳ないと……、思ってはおります」

「……今日は、どうしても才野木さんにご理解をいただきたくて、参りましたの」

　更に重い空気が厚く淀んだ。間が持てなくて才野木はグラスを持った。母親はフルーツを切りながら手を止めずに言った。

「由紀に縁談がございますの」

「縁談？　そんなことは聞いておりませんが」こういう場合によく使う手だ。だから身を引けと言う材料にしようとしている。

「由紀からはお話はしないでしょう。全くその気がございませんもの」

「…………」

　重い空気が更に重く淀んだ。音のない世界だった。行き来する二人の気だけが神経質に震えていた。

「亡くなった主人の同僚の方からのお話で、お相手の方もとても良い方なのです。三十歳の方で、やはり官僚ですの。年齢的にも格好だと存じておりますのよ」

また官僚か、そう言えば亡くなられたご主人は官僚だった。その縁続きなのか。

「由紀さんにその気がなくとも、その方と結婚させたいのですか？」

母親は初めて強い語調で、「由紀にその気がないのは、才野木さんがいらっしゃるからです！」と切り返した。尻上がりの言葉は忌々しさを含んで聞こえた。

「わたくしも、由紀が納得しない結婚は、させたくありません」

「じゃあ、無理なことは、そんな不似合いな……」

その気がないのに無理やり不似合いな結婚をさせることは返って由紀を不幸にしてしまうのでは、と言おうとして才野木は出かかった言葉を慌てて飲み込んだ。相手が不似合いとは言えない。むしろ自分の方があらゆる面で不似合いなのだ。

「才野木さんがいらっしゃらなければ、由紀は、このお話を考えるのではないかと思っておりますの」と母親が追い打ちをかけた。

才野木は「待って下さい。私が別れても、由紀さんがそうしなかったら……どうなるのです？」と言ってしまってから、またつまらないことを言ったと気づまりになった。

じゃあ、由紀を、将来どうしてくれるつもりなのですか？　と切り返されれば、何とも言いようがないのだ。貴方よりも似合いの男性は他にもいる、良識がある娘だから別れてさえくれれば新しい人生を考えると思う、と言われることは分かり切っていた。しかし母親はそうは言わなかった。

「由紀には本当に幸せになってもらいたいのです。納得のいかない結婚をさせるつもりはありません。女にとって納得のいかない結婚ほど、空しいものはございませんもの」と言って母親は目を潤ませた。

才野木は母親のその表情に、娘への愛情の深さも感じたが、同時に母親の女の人生を垣間見た気もした。

「……才野木さんは、由紀の何に執着されておいでですの？」

一番は由紀の躰だなどと、そんなことは言えない。言えないが、由紀の躰への未練が一番であることは本当のことだった。

「由紀の躰に執着していらっしゃるのですか？　才野木さんに理性がないとは思いません。由紀を不幸せにして平気とも思えません。由紀の幸せを願ってくださっても……、由紀の躰への執着心が整理できなくていらっしゃるのでしょうか？」

母親は単刀直入に切り込んで、才野木の心底を裸にしようとした。才野木はしばらく返答できずにいたのだが、意を決して口を開いた。

「おっしゃられるとおりです。まことに大人気ないとは思っていますが……」

生れた沈黙は淀まずに流れて消えた。母親は溜息をつくように肩で大きな息をした。視線は部屋のどこかに止まったままだ。

「私を軽蔑されますか?」「いいえ」視線はそのままで、母親はゆっくり首を横に振って否定した。

この歳なのだから男の興味や未練の襞ぐらいは分かる――そんな風にも見えた。だが、そうだからと言ってそれでいいのかと言いたげな風でもある。厳しい表情は才野木を認めてはいない。

母親は座卓を九十度回って才野木に向かって正座すると、畳に頭を擦りつけるようにして言った。

「よく分かりました。……でも別れて頂きます。お願い致します」

「待って下さい。ここまで言わせて、なお、私の気持ちを殺せと……」

才野木が言葉を継ごうとしたとき、母親はゆっくり顔を上げて、才野木に注ぎ足すためにビール瓶に右手を伸ばした、と思った。

「わっ!」次の瞬間、才野木の口から声のない叫びが飛んだ。

母親がフルーツ用の包丁をいきなり才野木の左胸に突きつけたからだった。瞬時の出来事だった。

てっきりビール瓶に手を伸ばしたとばかり思った。目を剥いて才野木は母親を見た。母親は落ちついている。顔も凪いでいる。さすがに息づかいだけは速い。

「逃げないで欲しいのです。由紀は、わたくしの娘です。わたくしのいままでの人生を考えてみても、女の幸せが結婚だけとは思いません。心を寄せる男との恋は、ある意味では女の幸せだとも思います。そう思ったからこそ、いままでそっと見守ってもおりました。でもそればかりでも仕方がありません。由紀には、貴方さまとの思い出を秘めてでも、再出発させなければならないと考えておりますの」

「…………」

「由紀か貴方さまか、どちらかが行き詰まるかとも思い、貴方さまにもお目にかかって様子を窺いもしましたが、そんな流れも生まれそうにありません。貴方さまのようなお人柄だと、由紀も自分から関係を清算することはできないでしょう。わたくしの見るところ由紀の躰はもう開花していて、それを貴方さまもご存知のようです。未練を持たれるのは分かります。どうすればいいか考えました。……悩みました。……本当に悩みました。その結果、貴方さまが由紀に逢えないようにするか、由紀が貴方さまと逢いたくないと思うようにするか、その何れかの方法しかないと思い至りましたの。その為にはどうしたらいいか……」

「……………」

「……悩みに悩んだ挙句、わたくしが工作をして、二人の間に割って入れば、それも叶うかもしれないと思い至ったのです。母親としても、女としても、恥ずかしいことこの上ないのですが……。いくら貴方さまが由紀の躰に未練を持っていても、……わたくしとの関係ができれば、さすがに由紀を抱くことはできないでしょう。貴方さまと関係したことが由紀に知れれば、たとえ母と娘の関係が壊れようとも、由紀は貴方さまを諦めるでしょう。こんなことを考える、わたくしの性格に似た烈しい性格を由紀も持っております。その烈しさから由紀と貴方さまとの間に何かが起きることはないかと、そのことも心配しておりますの……」

母親は才野木の耳元で、まるで囁くように、しかしきっぱりとした言葉で言いきったのである。諭すような語りかけだった。胸の包丁には驚いたが、才野木に恐怖心は湧かなかった。母親の表情に決意の厳しさはあっても、異常性は感じなかったからである。

母親は才野木の瞳を静かに見つめていたが、やがて才野木の耳朶を甘く噛んだ。電気に打たれたような衝撃が才野木の全身に走った。熟れた女の甘い香りがねっとりと巻き付いてくる。才野木の胸は意外性の中で異常に高鳴った。

母親は才野木の瞳を再び静かな表情で見つめ、何かを飛び越えるかのように大きく息を吸い、それをゆっくりと吐き出してから、自ら割った膝に才野木の右手を導き入れたのである。内股の柔らかい感触は、瞬時にして才野木に熟れた女の躰を認知させた。

才野木はもう動くことができなかった。既に何かに憑かれてしまっていた。金縛りに遭って母親の顔を見つめているだけだ。

母親はそんな才野木の表情を見て取るや、静かに唇を寄せて才野木の舌を吸ったのだった。憑かれていた才野木は更に強烈な何かに憑かれた。自分でも分からない感覚に引きずり込まれてしまったのだった。

逃げるとか、避けるとか、そんな間合いではなかった。一瞬の内に真っ赤な染料を頭から被せられて全身が朱に染まった、そんな間合いだった。きつく、緩く、甘美な衝撃が波のように才野木を襲った。襲っては退き、また襲っては退く。マゾヒスティックな刺激が、才野木を得も言えぬ感覚に引きずり込んでいった。

才野木はもう微塵も動くことができなかった。それを見極めた母親は、包丁を戻して才野木自身にその手を移したのである。更に強烈な金縛りが才野木を縛りつけた。

才野木は戸惑い、しかしながらなす術もなく、母親の手中に落ちていったのだった。もう母親は、母親ではなかった。

女は、それから部屋の照明を落とし、行灯の仄明りの中に立って、静かに帯に手をかけたのである。帯の擦れる音がして、次いで、それが畳に落ちる音がした。動けぬ才野木は呆然と見つめているだけだ。

　女が着物を脱ぎ落としていくさまは、才野木には妖気の世界だった。女は斜め向こう向きのまま腰に巻いていた湯文字を滑り落とし、大きく息を吸ったかと思うと、その薄い襦袢の肩も外したのだった。脱ぎ落としたものが周りに重なって、その真中に女の裸身が浮かび上がった。

　裸身は仄明かりの中でも驚くほど白く、艶やかな滑らかさを放っている。ほつれた髪が数本、うなじにまつわりついている。その妖しさはいよいよ才野木の目を釘付けにして放さない。

　夕方再会したときの和服姿は凛として美しかった。母親という意識を超えておもわず清潔なその品位に魅了されたのだったが、しかしそれは外形から見る観念であった。いまは妖気の中に立つ女体の曲線があり、目を奪う肌の滑らかさがあり、男を征服しようとする女の、きりりとした意志がそこにあった。才野木は呆然と見惚れているだけだ。

　やがてにじり寄った裸身は、動けぬ才野木を、まるで赤子を扱うように全裸に剥いていったのである。才野木は妖気に包み込まれたまま、さらに深いマゾヒスティックな世界に引きずり込まれていった。

裸身はそれから才野木に重なった。何ということだ！　驚愕が才野木を襲った。女の躰それ自身が、才野木自身をとらえにくるではないか！　とても人間の意志によるものとは思えない。間違いなくそれ自身が意志を持って蠢いている生き物だった。

由紀には特質が潜んでいた。あろうことか母親にも潜んでいた。だがそれは似て異なる強烈な特質だった。

才野木はもがいた。もがきながら彷徨した。そしてついに再び爆ぜた。それからも女体は才野木をいたぶり続け、弄び続け、忘我の夢中を漂わせ続けたのだった。

そういえば、才野木に抱かれて由紀は失神することがある。同じようにいまは才野木が、妖気の女体によって気を失いかけていた。男にも同じ喪失の境地があるとは知らなかった。

才野木は気が遠くなっては甦り、甦っては遠くなっていくなかで、女の噛み殺した悲鳴を聞いたような気がした。

やがて、女の手によるタオルの冷たさで才野木は気がついた。正気が戻ってきた。もう女は薄い襦袢姿に身を整えている。

「お湯を……、浴びましょうか」

正気は戻っても、才野木は未だ金縛りが解けずにいる。無言のままふらふらと女に従った。

闇の中にも闇の明るさというものがある。浴室はいまその闇の明るさの中にあった。湯船に湯が満ちているのも知れた。

才野木は女の手桶によるかけ湯を受けて、女と並んで湯に浸かった。交わす言葉はない。

才野木は同じこの湯の中で溶けていった由紀を思い出した。背信の責めが胸をかすめる。

だがいまは才野木に節度の芽生える隙間はなかった。目の前のたおやかな裸身を抱きしめずにはおれなかったのである。女はそんな才野木に、熟れて豊潤な肉体を惜しげもなく投げ与えたのだった。

しばしおいて優しい声が促した。

「先に出て、お部屋で、くつろいでいてくださいまし」

才野木は黙って浴室を出た。

行灯だけが灯った部屋のソファに腰を落として、才野木はタバコに火を点けた。紫の煙が空気に消えて行く。

冷静に戻れば、いかに意外性の中で魔性に憑かれたとは言え、母親と関係してしまったという不道徳感が才野木に襲いかかってきた。しかし才野木はそれと同じ量だけ母親の魅惑を認めてもいた。才野木は男と女には意志の力を簡単に越えてしまう官能の存在があることを今さらに思った。

タバコを吸い終わらぬ内に、きりりと襦袢に浴衣帯を締めた母親が戻ってきた。

「ビールを……お持ちしましょう」

冷蔵庫から出したビールをソファテーブルに置く目の前の女は、今はその立場に戻っている母親だった。部屋の空気には、異常な違和感と、不自然な気まずさが立ち込めている。才野木には場を作る術がない。

どうすべきなのだ？　どうすればいい？　術もなく母親が注いだビールを無言で飲んだ。

しかし無言で居つづける訳にもいかない。

「……すば、らし、かった」躓きながら才野木が声を漏らした。

「お恥ずかしいことを、致しました」と呟くように言って面差しを上げた母親の目は、今にも泣き出しそうだった。才野木の胸に熱い何かが詰まった。

「そんなことはありません。お気持ちは……よく分かっています」

「…………」

「しかし驚きました。なんという……、すばらしい。感激しました。上手で言っているのではありません……本当です」今度は滑らかに言葉も続いた。

才野木の言葉は本当のことだった。それを聞いた母親の顔は、これ以上はないほどの羞恥に染まっていったのだった。

才野木は由紀の母親と認識しながらも、その躰の魅惑に溺れさせられてしまった。それはマゾヒスティックで衝撃的な官能だった。

「そう言っていただければ恥じらいも薄まります。恥をしのんでのことです。お汲み取りくださいまし。申し上げたとおり、由紀とは別れてくださいまし」

母親は顔を染めたまま、しかし毅然として、だが最後は消え入るような細い声で言った。

「待って下さい。私は」

「何も仰らないで下さいまし。お願いです。そうでないとわたくしは……」、と言った母親はポトリと膝に涙を落とした。それはたちどころに薄襦袢にしみて消えた。

母親は才野木にもう何も言わせなかった。引き締めた眉には威厳すらある。才野木は黙った。

「こちらの部屋でお休みになられますか？　それともお隣の部屋で、独りでお休みになられますか？」

「こちらでも、いいのですか？」

「……よろしければ」

「ではこちらに……、向こうに、行く気にはなれない」才野木はそう答えるべきだとも思い、またそうしたかったのである。

母親はそそと立つと、二組の夜具を離して整え、枕元に水差しとタバコのセットを置いて、どうぞと促した。さすがに行き届いている。

才野木は床に入った。入るには入ったが、眠れるはずも、落ちつけるはずもない。並んだ二つの夜具には、睦み、その肌を焼け焦がした男と女が寝ているのだ。

いきさつを考えれば頭は混乱する。しかしいまは心状も混乱してしまう。理性も節度もあるのだが、理屈を超えて、才野木に節度のない期待がつのってくるのだった。淫靡な陶酔が甦ってくるのだ。

時間が経つに連れてそれは益々強くなった。才野木は隣の女体に向かって燃えていく血を抑えることができない。拒絶されそうな気もしたが、隣の夜具に向けて左腕をゆっくり延ばしてみた。母親の右腕に触れる。

「……眠れない」

「由紀と別れて下さると、お約束を下さいまし」

母親の言葉が心臓の奥深いところにザックリと切り込んできた。才野木に返す言葉はない。母親は才野木の手を優しく払うと、布団を首まで引き上げたのだった。

＊

眠りの遠ざかってしまった才野木だったが、朝方になってから眠りに落ちていたらしい。

目覚めてみると部屋に母親の姿はなかった。

才野木は二部屋あったことを思い出した。隣室を覗いてみた。

「おはようございます。一風呂浴びていらっしゃいまし。朝食の用意も整うでしょう」

既に身だしなみを整えた母親は、いつものように淑女然としている。才野木は手なずけられた子飼いのように、ふらふらと浴室に向かった。

床の間を背にして朝食をとったが、会話らしい会話はしなかった。


京都駅で才野木は母親を見送った。出発間際に母親は才野木に向かって丁寧な挨拶をしたのだったが、昨夜のことにも、由紀のことにも、一切触れることはなかった。

母親を乗せた新幹線は定刻に発車していった。才野木には、茫漠として掴みどころのない心状と、闇の中の確かなる課題と、とりとめのない空白感が残った。

八

「いつ電話をくれてもいいが、家の電話からはかけないでくれ」

才野木から会社にかかってきた携帯番号を知らせる電話で、由紀はそう告げられた。以前から提案していたのに乗り気にならなかったのだが、遅ればせながらやっと携帯電話を持つことにしたらしい。

このころ一般的に携帯が普及してきたこともあったし、才野木にも仕事上の必要性が生まれてきた事情があった。だが直接の理由は、今回の母親とのいきさつから由紀への電話を家にかけにくくなったからだった。

由紀は会社が引けてから、さっそく才野木の携帯にかけた。

「会社を出た所の公衆電話なの。いつでも声が聞けるし、便利になったわ。わたくしも直ぐに携帯の手続きをするつもりなの」

目には見えないが、由紀には才野木が無言で頷いたのが分かった。


翌日の土曜日、由紀は早くに目覚めた。爽やかな快晴である。今日は大学時代の友人と久しぶりにお茶の約束がある。それに携帯のショップにも寄らなければならない。

リビングに下りると、母親がコーヒーカップを傾けながら新聞に目を通していた。

「あら、今日はお休みじゃなかったの？」

「ん、お休みだけど、お友達と待ち合わせなの」

友達との待ち合わせは十二時。いつもの原宿のコーヒーテラス『ビーナス』である。それまでにテレホンショップに寄るつもりだ。最後の手続きをすれば今日から使えるはずだった。

「待ち合わせは何時なの？」

「十二時よ」

「それにしては、随分と早く起きたのね」

「テレホンショップに、寄ろうと思って」

「テレホンショップ？」

「ええ、携帯の手続きがあるのよ」

「携帯？　携帯電話を持つの？」

「ええ、受けとったら今日から使えるわ。テストコールするね」

「……そう」

由紀は早々に準備をして街路に出た。心は弾んでいる。才野木に最初のコールを入れよう。友達とも久し振りだ。

家を出たのは九時だったが、テレホンショップで携帯を受け取って『ビーナス』に着いたのは十一時過ぎだった。随分と早く着いたが本当は遅すぎるくらいだ。テラスのパラソルの下で大阪の才野木に初めてのコールを入れようと思っていたのだ。

コーヒーをオーダーして携帯を取り出した。初めてのコールに才野木の番号を押す。十一月の爽やかな陽射しが燦燦とテラスに降り注いでいる。テラスのタイルが弾き返す光が眩しく頬を照らす。

心は弾んでいるのに、呼び出し音を何度聞いても才野木は出てくれない。弾む気持ちと電話の呼び出し音はすれ違って噛みあわない。一条の寂しさが胸を過ぎた。

「岡崎ですが……」次いで自宅にかけた電話に母親が出た。

「由紀」

「あら、どうしたの？」

「携帯からなの。……テストコール」

「フフフ、かける相手、間違ってない？」

「…………」

「今日は何時ごろ戻るのかしら？　夕食は？」

「六時には戻るわ」

「わかったわ、じゃあね」

「……ん」

いま頃どうしているのかしら？　由紀はコーヒーカップを傾けながら大阪の才野木を思った。そのとき懐かしい声が聞こえてきた。

「ユッキィ――」

振り向けば懐かしい友の顔が笑顔で向かってきていた。大城梢である。梢とも、やがて大きな声で訪れるに違いない北山笙子とも、卒業以来一、二度会ってそれ以来だった。

「お久しぶり」梢はテラスの鉄製の椅子に座るなり懐かしそうに言った。

「ええ、お久しぶり」

「ユッキィのお嬢さまぶりは変わらないわねえ、『ええ』なんて言っちゃって」

「コッチだって変わらないわね。母親になったなんて思えないわよ」

「やっと子供から手が離れたのよ。大げさかな。お義母さまに預けて出かけられるようになったのね、最近」

親しい三人の中で梢一人が先駆けて結婚していた。子供が生まれてそろそろ一年になる。そんなこともあって久しぶりの再会だった。

「ユッキィ、しばらく会わない内に何だか色っぽくなったじゃないの。男、できたんだ」

梢はそんな言い方をして、何かを探るかのように顔をまじまじと見た。

否定も肯定もしなかったが、咄嗟に才野木を思い出して頬が緊張した。自分でも鏡に見る顔が、才野木との逢瀬を重ねるに連れて変わってきているように思うことがある。女とは不思議なものだと思っていたから、梢に見透かされたような気がした。

梢の肌は独身時代にあった艶を失って随分と色褪せていた。子供を産めば、それに姑との気を遣う生活ではやむを得ないのかも知れない。

「ユッキィ、コッチィ」

テラス中に聞こえる大きな声が響いて、笙子がきたことが直ぐに分かった。元気な笙子は走るようにしてテーブルにくるなり言った。

「ごめん、遅れたかなぁ。ユッキィ、コッチ、元気そうね」

外れて元気なのは貴女よと言いたかったが、梢もだが私も黙ったまま微笑んだ。

友が三人揃えば姦しい。久しぶりの再会は話も弾み、サラダや、パスタや、ピザやグラスワインがすすむ。

もともと三人には個性の違いがあるのだが、むしろそれが適宜な距離を作って友情にヒビが入ることはなかった。しかし生活の違いは卒業後それぞれの人生を作っていた。

「お義母さまったら、こんなことを言うのよ。彼もそんな時は知らん振りしているし、ねぇ、どう思う?」

学生時代の懐かしい話題が尽きると、梢が家の愚痴を漏らした。梢の悩みを真面目に聞いておきたかったが、笙子がそれを引きちぎって制した。

「なに言っているの、結婚したからには承知の上でしょ。それにお姑さんとの同居は最初から分かっていたことだし、私たちもその意味では反対したのに押し切ったのは貴女じゃなかったの？」

それはそうなのだが思ってもいなかったことがいろいろあって、この苦労は結婚してみなければ分からないのだと梢が涙ぐんだ。

あまりに切実な感じがして笙子も黙った。笙子が黙って愚痴を聞いてやればよかったと、後悔しながら場持ちのために口火を切った。

「ねぇねぇ、私、報告があるんだけど、聞いてくれるかな？　私、アメリカに行くことにしたんだ。結婚なんてしないつもり。諦めたって言った方がいいかな。失敗したから諦めるんじゃないのよ。ほれ私、理想が高いでしょ。理想の男が見つからないのよ、日本では……。ほんとに世の中ろくな男がいないものね。だからアメリカに行って、やりたい事をやるつもり。馴染めば永住することも考えているの。どうかしら、どう思う？」

笙子は三人の中で最も闊達な性格だった。大学時代も厳しい学風の女子大に似合わず、その個性は目立っていた。指導教官から注意を受けることもしばしばだった。

また大学時代から何人もの彼氏を作った。知っているだけでも数人はいる。今度は本物だとその都度言ったが、いつも途中で尻切れになった。

しかしそんな笙子にある意味での羨ましさを感じていた。少なくとも笙子のような強い行動力は自分にはなかった。逆に笙子からは「由紀のおとなしい品位には憧れがある」と言われたことがあった。

そんな意味では梢が最も標準的な性格だったし、判断基準も行動基準も枠の中だった。

「ショッコ、それって本当なの？　本当にアメリカに行ってしまうの？　経済的にはどうするのよ？　実家のお父さまやお母さまはどうするの？　だってショッコ、一人っ子でしょ？」

快活に喋っていた笙子だったが、父親や母親のことを梢に指摘されて、表情に濃い翳りが浮いた。

「ん、でも決めたんだ、私。……もう日本には、いたくないってこともあるの」

年老いた両親をおいて独りアメリカに行くなんて、それに永住まで考えているなんて、そんな無謀なことは友達として止めなければならないと思ったが、言葉が出なかった。梢も黙っている。確かに笙子には少し軽はずみなところがある。今回もそうかも知れない。だが自分も梢も知らない事情があるに違いない、と思うと何も言えなくなったのだった。

笙子が矛先を変えて言った。

「ユッキィは最近どうなのよ？　何だかますます綺麗になったような気がするのよ。コッチ、どう思う？　ユッキィ、色っぽくなったと思わない？　私、心配なんだ。ユッキィはお嬢さまみたいな初心なところがあるでしょ。変な男にひっかからなきゃいいんだけど……それが心配なのよね」

「そうねぇ、右に習えよ。ユッキィ、本当は私も心配しているの。ショッコは結構みるところは見ているのよね。なのに、何で自分のことは見えないのかなぁ？」梢は引っ掛けて笙子のことに戻そうとした。

「私のことはもういいのよ。ユッキィのことよ、いまは」「そうねえ」梢と笙子の視線が同時に向いた。

「…………」

「私たちには言いたくないんだ、ユッキィは。……秘密主義、なんだ」笙子が少し意地悪っぽく言った。

「そうじゃないの……」

「男、できた？」

スッと突っ込んできた笙子に乗せられて、思わず頷いてしまった。会う機会がなかったこともあるが、二人には才野木とのことはまだ打ち明けずにきていたのだった。

笙子と会うのもこれが最後かも知れない。こうなればすべて打ち明けよう。親友の間に秘密はない。

打ち明けてしまえば、むしろ気が楽になった。肩も軽い。

「ユッキィ、それでいいの？　結婚できないのに、先行きはどうするつもりなの？」梢らしい反応だった。

「そうかぁ、ユッキィも成長したなぁ。いいじゃない、ユッキィが幸せだったら……、いいじゃない」これもまた笙子らしい反応だった。

「ショッコ、無責任なこと言わないで」

「無責任には言ってないわ。いまのユッキィがベストとは言ってない。でも男と女が打算で付き合うの、私は感心しない。人間同士として心の方が大事じゃないのかなぁ」

「そんなこと、言って……」梢はその性格からして納得できないらしい。

「コッチ、コッチだって色々悩みを言ってるじゃないの。コッチの人生が不幸せとは思わないけど、幸せであるはずのパターンの人でも悩みがある。不幸に見える人でも悩みのない人もいるかも知れない。ま、そんなことはないと思うけど……。いずれにしても人生なんて分からないってことよ。特に他人には分からないわ。私、思うの、自分が幸せだと思えれば最もいいけど、幸せとは思えなくても納得していれば、それが一番じゃないのかなぁ……。幸せ不幸せって、どこで決まるのかなぁ？」

いきなり笙子がまとめてしまった。梢も思い当たることがあるのだろう、何かに思いを巡らせている風だ。笙子が足して言った。

「ユッキィ、好きなんでしょ、その人のこと。だったら思いっきり付き合えばいいじゃない。失敗したと思ったらそのときから出直せば？　人生は色々あるんじゃない？」

親友とはいいものだと改めて思った。梢の意見も分かるし、笙子の意見も分かった。二人の意見から結論が出るものでもなかったが、由紀はいままで自分を見つめて肯定したり否定したりしてきたことが、誰が考えても同じであることを思った。結論的には自分の意志で自分の人生を探して歩くしかないのだ。

四時近くになって、梢が慌てたのを機に席を立った。

「きっと、もう会わずに、アメリカに行くことになると思う。……これを記念に貰って欲しいの」

笙子はそう言って、習い作りをしたという、彫金のブローチを二人に手渡した。三人の再会は、ある意味では遠い別れになった。遠くアメリカに行く笙子の、それが正しいのかどうかは別にして、由紀は一所懸命に歩いている姿に強い背中を感じた。

＊

翌々日の月曜日、由紀は会社に入る前に才野木の携帯をコールした。才野木は直ぐに出た。

携帯番号を告げ、「逢いたいわ。いつ逢えるかしら」と訊いた。才野木は直ちには上京の段取りは組めないらしかった。スケジュールが立て込んでいるのだろう。電話は通じたのに心は浮かない。

翌日も、その翌日も、才野木の電話をコールした。どうしても声が聞きたかった。声を聞くたびに逢いたい気持ちがつのってくる。もう随分と逢っていない。

「ヨシさんが出張予定を組めないのであれば、わたくしが大阪に行こうかしら」

「そうしてくれれば助かるが……」

「本当？　明後日の金曜日は、どうかしら？」

「夕方からなら、大丈夫なんだが」

「じゃあ、仕事が終わってから出発しようかな。六時に新幹線に乗れば、八時過ぎには着けるわ」

「そうか、じゃあ、少しでも楽なように京都にしようか？」

「京都？　京都なら、『嵐山山荘』に泊まりたいわ」

「ん、山荘は止めよう」

「あら、どうして？」

「どうして、ということはないが……」

「どうしたのかしら？　誰か、他の人とでも行ったの？」ふと気になったことが、こんな言葉になった。

「バカなことを言うなよ！」切り返してきた才野木の声が詰まって聞こえた。

「だって、時間が遅いじゃないか、到着の」

「……それも、そうね」そう言われればその通りだった。

「駅に近いホテルの方が、便利がいいだろう。前に泊まった駅前のホテルにしよう」

「……そうね。そうだ！　お弁当を買っていこうかしら！　お弁当を買っていけば、ヨシさんもシャワーを使って、部屋でのんびりしておれるでしょ」思いついて言った。そのホテルなら分かっているから一人で行ける。

「お弁当を買ってきてくれるのか！　そりゃあいい！　楽しそうだ……」

思い付きで言ったたかが弁当のことなのに、才野木が子供のようにことのほか喜んでくれたのが嬉しかった。

一方で「お母さまには、くれぐれも内密にして欲しい」と念を押されたことには、今さらどうしてかしらと怪訝が生まれたが、逢えると思えばどうでも良かった。

＊

金曜日、由紀は終業と同時に社を出た。

京都駅で買っても良かったが、ヨシさんの好きな幕の内弁当や、お酒のあてになりそうな総菜を、八重洲で買い揃えて新幹線に乗った。

二時間あまりで逢えると思うと気持ちが逸ってくる。躰の内から何かが湧いてきて熱くなる。窓外の景色の流れが遅く感じる。

京都のホテルに着いて、ドアのルームナンバーをしっかり確認してから、チャイムを押した。ドアが開いてバスローブの才野木が顔を出した。

嬉しかった。胸が高鳴ってくる。躰が熱くなってくる。荷物を置いて飛びついた躰を抱きしめてくれたとき、「逢いたかったの」と思わず喘ぎながら洩らしてしまった。

滑る舌を絡められたときには、全身が溶けていきそうだった。待ち焦がれた長い口づけだった。

「ママゴトのような、乙な気分だ」と言って、用意してきたお弁当を頬張る才野木が、とても可愛く感じる。これは躰を許した男に対する母性なのかも知れない。

果物とナイフを用意してきたのだったが、「食後のデザートまであるのか」と喜んでくれたのも嬉しかった。

乾杯からデザートまでの弁当だての食事を終えて、くつろいだところでバスを使った。タブに浸かっていると才野木がそっと裸身を忍ばせてきた。

ここのバスタブは二人入っても十分な広さがある。才野木の腕に預けた裸身が湯に浮いて揺らめきながら漂う。心地いい。

ベッドに移ってから躰を隈なく確かめられた。まるで人形を操るようにしてすべてを確かめられた。恥辱はあるが、納得してくれるならそれでもいい。

久しぶりだったこともある。確かめられる行為に、被虐的な血が沸いて躰が焼けていく。熱い。震える。下肢が突っ張る。頂点に向かって駆け上っていく。

それからゆっくり割り裂かれた。組み敷かれた躰が、燃えながら壊されていく。広い背に爪を立てて縋っていても、溶かされた躰が果てしなく流されていく。何度目かの頂点がきて、何かが宙に飛び散ったと思ったとき、由紀は底のない穴に落ちていく自分が分かった。

＊

朝を迎えて、今日も泊まりたいと思った。あの燃えながら壊され、溶けていく躰の、あのおののきに今夜もまた浸りたいと思った。だが才野木の事情が許さなさそうだ。

「来月に入ったら、必ず行く」

「……必ずですね。……約束よ」

「ああ、必ず行く」はっきり約束をしてくれた才野木をホームに残して、由紀は昼過ぎの帰りの新幹線に乗った。

九

才野木は、母親のよし乃とのいきさつをどう収めるか、整理がつかないままに日が過ぎていた。整理がつかないのではなく、つけられないのだった。

そんなある日、取引先を出たところでポケットの携帯が鳴った。由紀からだった。こんな時間に珍しい、と思ったら母親の声が耳に飛び込んできた。由紀の携帯で母親がかけてきていた。

――由紀が倒れた。今朝がた救急車で病院に運んだ。いまは意識がない。医者の判断ではまだ何とも言えないらしい――と言う母親の声はひどく動揺していた。

倒れた、救急車、意識がない、母親のこの言葉は才野木に衝撃と悲観を与えた。心臓が激しく喘ぐ。一体どうしたというのだ?

才野木は病院を確認して、「取り敢えず、いまから直ぐに上京します」とだけ伝えて電話を切った。急ぎ手配をしてギリギリ間に合った羽田行の飛行機は電話を受けてから一時間あまり後の便だった。

病院に着いたのは午後の四時ごろだった。立派な総合病院だった。容体と病院の規模は直接には関係ないのだが、これなら大丈夫だと根拠のない安心感が湧いたのは、不安と心配に駆られていたことの裏返しだった。

ベッドの由紀は眠っていた。付き添っている母親の髪はほつれて、顔には疲れが滲んでいる。胸に果物包丁を突きつけたときの、あの強さにつながる印象はない。むしろ手を差し出したくなるような弱ささえ感じさせた。

母親は、才野木に向かって深く腰を折り、小さな声で告げた。

「先ほど、主治医の先生から、もう心配はないと説明がありましたの……」

「一体、どうしたのですか？」

母親はそれには答えず、眠っている由紀の顔をタオルで拭ってから、才野木を部屋から連れ出した。

病院の屋上を抜ける風は早くもわずかに冬を孕んでいた。陽も西の山の向こうに落ちかけていて、見下ろす街並みも光彩を失いつつあった。

「才野木さんにもお話を致しました、お見合いの話が迫っていたのです」母親の話はこの切り出しで始まった。

——いままでも母と娘の間で何度もこの話をしてきた。

仲立ちの人は死んだ主人の同僚で、この縁談を強く勧めてくれていた。一旦はお断りをしたのだが、「お見合いをしてから、考えてくれればいい」とそれでもなお強く勧められ、未だに待ってくれている。相手は優秀な青年官僚だし、父親も官僚で、家庭の経済性も申し分ない。

だが由紀の気持ちが動かない。それはそれで由紀の人生だし仕方がないことだけれど、いつまでも今のままでいいのかと思うと、先になってきっと後悔することになるのではないかと、ここ一週間ほどは強く由紀に考え直すように勧めてきた。

由紀が結婚を前向きに考える動機になればと思い、自分の人生での蓋をして生きてきた女としての苦悩を包み隠さず晒して、正直に話して聞かせた。そして女の生きざまについて話し合った。

由紀はわたくしの苦悩について同情もし、理解もしてくれた。次いで由紀の理性に結婚を訴えたところ、それも理解して、自分の女としての生き方を考えてくれた。

だが、由紀はなかなか才野木さんを切り離すことができなかったようだ。由紀には転機になる何かが必要だ。才野木さんとの京都の夜のことはもちろん口が裂けても言えることではないが、由紀と別れてもらおうと勝手に何度かお会いしたことだけは話をした――

ここまでは才野木も頷いて聞いていた。だが母親は由紀に更にこんなことを言ったのだと言う。

――もちろん最初はそのつもりはなかったし、あってはならぬことだけれど、お会いしている内に、才野木さんに惹かれている自分に気がついた。娘の恋人にこんな思いを持つことは許されることではない。禁断の垣根を越えている。だが段々と強くなっていく思いを抑えることができなかった。わたくしのそんな気持ちには才野木さんも気づいておられると思う。

母と娘はある意味で同じ種類の女だと思う。だから由紀が才野木さんに思いを寄せたのは理解できる。思いを断ち切れないのも、縁談に踏みきれないのもよく分かる。けれども才野木さんには家庭がある。結婚までは考えられない。由紀がこのまま才野木さんとの関係を続けていくのなら日陰の覚悟がいる。それはそれで一つの女の生き方だが、それ相当の苦労を覚悟しなければならない。由紀にはそんな苦労はさせたくない。由紀は若いのだから、相応な人と結婚をして、自然な歩き方をして欲しい。母親としては切実にそう思っている――

そんな話をしたのだと母親は告白した。そして才野木に「ごめんなさい」と頭を下げたのだった。

才野木は仰天した。娘を理性に立たせようとするのみでなく、母親もまた娘が辿った同じ男との外道に立っている。しかもそれを娘に打ち明けたとも言う。母親の本音は定かには測れていないが、才野木は絶句してしばらくは言葉が出なかった。

「……それで、どうしたのですか?」

「二人で、思い切り飲みましたの」「?・?・?」

「……二人で、お酒を、思い切り飲みましたの」「お酒?」

「ええ。どのくらい飲んだのかも、覚えておりませんの」

「それでどうなったのです? ……由紀さんは何と言ったんですか?」

「由紀は承知してくれました」

「承知したって?」「……、ええ」

「そのお見合いの話、由紀さんはお受けになるって、言ったんですか?」

「ええ。ただ……、条件がありました」

「条件? どんな?」

母親はそれには答えなかった。

「それでどうして意識が無くなったのです？　お酒を飲んだだけで？」

「女だてらにあんなにお酒を飲んで、お恥ずかしい次第なのですが二人とも正気を失っておりました。由紀はこのままだと眠れないと申しまして、睡眠薬も飲んだらしくって……」

「睡眠薬？」

「ええ、極度のお酒と睡眠薬はよくないそうで……。それに量も少し多かったようで」

「………」才野木は呆気にとられた。なんという母と娘だ。

いや、母と娘だからこそ、こんな展開になったとも考えられた。母と娘という関係は一面では情愛で繋がりながらも、一面では女同士として牽制や対立をする要素を持っているのかも知れない。また一面では互いを認め合いながら、ある種の感情や領域を共有することができるのかも知れない。

才野木は「お母さまは、とても性格の可愛い人なの」と由紀が言っていたことを思い出した。娘と酒を飲みながら心の底にある性への思いを晒し合えるところが、母親を可愛いと感じさせるのかも知れなかった。

そんな母と娘であるからこそ、理解し、妥協する、という連帯もまた可能になるのかも知れなかった。母親の話では、由紀は説諭を条件付きで受け入れたと言う。由紀の言う条件とは何なのか？

才野木の想像は由紀の心の内を巡った。

（……お母さまの言うことはもっともだと思う。自分もそう思うときがないではない。女の人生が唯一結婚だけとは思わないが、女の性を埋め、波涛の人生を生きていくには、支え合える伴侶が必要だというのは理解できる。しかし他方では、伴侶とする相手が唯一無二の相手であるかどうかは分からないとも思う。その後の運命が事態を変えてしまうこともある。それは母親の人生をみても分かる。

独りで生きていく生涯であっても、伴侶と二人で生きていく生涯であっても、それが正しかったかどうかは判定できないし、比較のしようもない。双方ともにそれぞれの過程で築かれる無形の価値というものもあるだろう。

あらゆることを事前に予見できればいいが、予見などできるはずもないのだから、どちらがどうだと比較に立って判断することなどできるはずもない。とすれば、とにもかくにもいずれかの道を歩いてみるしかないということになるのではないか。その選択と結果が運命というものなのだろう。

お母さまの場合はどうだろう？　客観的に見ると、女として納得できた人生だったとは思えない。人知れぬ苦悩を抱えていたことは、よく理解できる。その苦悶する心の内も推測できる。さりとて独りで生きる道を選んでいたとしたら……、これもその方がよかったとも言いかねる。

漠然とだがいつかは別離がくるかも知れないと思いながら、自分も才野木との関係を続けてきている。いま歩いているこの道の是非も判じ切れない。思いを巡らしてみればみるほど、何を糧にし、何を頼りにしていいのか分からなくなる。いま言える確かなことは、自分には、道を選択しなおそうと思えばそれも可能な将来もそのための時間もあるが、お母さまには同じ意味での将来はもう残されていない……）

由紀はこんな思考回路で逡巡したのではなかろうか？　とすれば、分からない、分からないが、才野木との関係は考え直した方がいいのではないかと由紀が心を向き直らせることがあったとしても不思議ではなかった。母親の女としての生涯を同体的に理解し、深い同情を禁じえなかったとしても、これも不思議ではなかった。


屋上は暮れた。病室を空けていることも気になった。戻ってみると主治医が回診を済ませたところだった。

主治医が表情を崩して母親に告げた。

「もう大丈夫ですよ。いま注射を打ちましたから、まもなく目を覚ますでしょう。これからはあまり無茶をしないで下さいよ」

まもなくして目を覚ました由紀は、どうしてここに才野木さんがいるの？　そんな虚ろな瞳で才野木を見、次いで母親の顔を見た。

母親は耳元に口を近づけて、才野木に連絡をとったことを告げた。誰にともなく「ごめんなさい」と言った由紀の目じりから、一条の涙が筋をひいた。

才野木に胸を裂くような切なさが迫ってくる。直接の原因は母娘の過ぎた酒だが、その酒の原因は自分との関わりなのである。心を刺す痛みが才野木を鋭く責めた。抜け道のない道に由紀を追い込んだのは自分なのだ、引き込んだのは自分なのだという自意識が才野木を責め続けた。

大事をとって由紀は翌日退院することになった。母親は付き添って、才野木は近郊のビジネスホテルに部屋を取った。


独りになっても気持ちは解放されなかった。重いままだ。チェックインしたホテルの部屋にも安らぎはなかった。幾何学的で潤いのない狭い空間でしかなかった。四面の壁からの圧力すら感じる。

才野木は由紀の心境を思えば思うほど、責任意識が脳裏でもつれにもつれていくのだった。追いかけるようにして母親のことも被さってくる。才野木の心は錯綜するばかりだった。酒に縋っても眠りに入れなかった。

＊

翌日である。由紀は手続きの終える昼過ぎの退院となった。ところが才野木は困ったことになった。

取り敢えず退院を見届けてから大阪に引きあげるつもりだったのだが、由紀も母親も執拗に才野木を引き止めたのである。迷惑をかけてしまったが、こんな機会はもうないだろうから今日は自宅にお泊り下さい、と言うのである。思いがけないことだった。飛んできて退院したからすぐに帰るというのも収まりの悪い立場だったが、さりとて自宅に泊めてもらうスタンスがあるとも思えない。だが断われる雰囲気でもない。

取り敢えずお邪魔してタイミングを見計らってから引きあげよう、そう結論した才野木は、東京のホテルをリザーブしておいてから、岡崎家に同行したのだった。

退院した由紀はすっかり元気を取り戻した。化粧をしていつもの由紀に戻った。気を利かせたつもりなのだろう、母親は由紀と才野木を残して夕食の買い物に出た。

「このたびはごめんなさい。ご迷惑をおかけしました」

ソファの才野木に飲み物のグラスを置いて、由紀はチョコンと頭を下げて小さく笑った。

青白い笑いだ。

「心配したけど良かった。苦しめてしまって、……済まない」

才野木の言葉を聞いて由紀の目が潤んだ。泣き出しそうになるのを必死に堪えているのが分かる。才野木の胸はつまった。

男と女の関係はお互いさまなのだとも言えるのだが、見方によっては加害者と被害者と言えなくもない側面がある。由紀は自分が女にした。踏み込んだその深さが由紀の運命を変えてしまった。由紀は傷ついている被害者、追いつめられている被害者、そして自分はそこに追い込んだ加害者と言えなくもないのだ。

だが由紀も母親も才野木に対して、そういう意味合いのことを口にしたことは一度もない。由紀はひたすら才野木との関わりを大事にしようとし、母親も由紀に新しい出発をさせようとしているだけなのだった。

「お見合いをするって、本当なの?」才野木がやんわりと訊いた。どうしても確かめておきたかった。

由紀はそれには答えず、才野木の唇を求めた。才野木は濡れて熱い舌を受けた。時間が止まる。しばらくして気がつくと、チャイムが鳴って母親が戻りを告げていた。

由紀も母親と一緒になって夕食の準備を始めたのだったが、一人才野木は居場所も立ち位置も見つけることができずにいた。

原因は自分にあるとも言える由紀の入院騒ぎの後である。自分から仕掛けたことではないが、母親と秘密の関係を持ってしまったいきさつもある。由紀と、母親と、そんな自分が同じ空間にいること自体が、どう考えても才野木にとっては不自然なのである。由紀に対する自責と、母親に対する戸惑いとに、折り合うことができないのだ。

吸う空気が重い。輪郭のない緊張が肩に重い。時を刻む時計の音すらが、いいのか、お前はここにいていいのか、と才野木を責めているようにも聞こえてくる――、才野木は次第に息が詰まってくるのを避けられなかった。

才野木は、食事というよりも腹に何かを入れただけという食事が終わってから、強引に岡崎家を辞したのだった。色のない重い心を抱えながら東京に向けてタクシーを走らせたのである。


ところが、着いたホテルのフロントにメッセージが託されていた。

――お疲れさま。一時間ほどおくれて、私もそちらに参ります。由紀――

才野木の常宿はいくつかある。由紀もそれを知っている。おそらく何軒目かにこのホテルを探り当てたのだろう。

携帯にかけてきても良さそうなものだが、あえてホテルを探し出してメッセージを預けている。才野木の胸を締め付けてくるものがある。

部屋に入ってカーテンを開けると、才野木の心とは裏腹に、赤坂の街はネオンに彩られて活気の真っただ中にあった。

岡崎家を出たのは六時過ぎだった。いまは八時前である。いまは由紀を待つしかないが母親には電話をしておくべきだと思った。夕食の礼も言わなければならない。強引に引きあげてきた穴も埋めてもおかなければならない。携帯からかけた。母親は直ぐに出た。

「岡崎でございます」

「……才野木ですが」

「先ほどはどうも……、ホテルにお着きになられましたか？」

「ええ、いま着きました。ご馳走になりました」

「とんでもございません。それはそうと、この度は大変ご迷惑をお掛けいたしました。申し訳ございませんでした」

「とんでもありません。由紀さんのことでは責任を感じております。お母さまにも……」

「…………」

「……ホテルに、由紀さんからメッセージが入っておりまして」

「承知いたしております。由紀が悲しそうな顔をしているものですから、わたくしが勧めたのでございます。車を運転して参りましたので、明日も会社は休ませて頂くように連絡をしておいてあげる、と申しておきました」

「………」

「もしもし、才野木さん。もしもし」

「聞こえています。少しお話をして、遅くならない内に帰っていただくようにします」

「才野木さんに、何かご都合がおありなのでしょうか？」

「いいえ、それは」

「それでは、由紀の気持ちに預けてやってくださいまし」

「……分かりました。そう致します。いずれ改めてお目にかかりたいと思いますが……」

「ええ、ありがとうございます。わたくしもそう致したいと存じます」

「では、今日はこれで……」才野木の方から電話を切った。

母親の声はときどきくぐもっていた。才野木は瞬くネオンに視線を泳がせながら、タバコを一本抜いて火を点けた。立ち昇っていく煙が、白く、次いで紫色に変わって見えた。

思いついて部屋の電話を取った。そして最上階にあるナイトラウンジの、窓に面した席を予約した。いきさつを考えればいきなり部屋で向き合うよりも、夜景に彩られたラウンジでの時間を持つほうが良さそうに思えたからだった。由紀にはその旨メールをしておけばいい。

才野木は洗面をして、一呼吸入れてから、エレベーターに乗った。

ラウンジの席は既に用意されていた。テーブルランプの小さな灯りが点々と薄暗がりの中で目をひく。席につくと赤坂の夜景が遥か彼方まで見渡せた。才野木は水割りを傾けながら思った。

（……この夜景の広がりは、それだけ人間が生きているということでもある。けばけばしく輝いている灯もあれば、ただ灯っているだけに見える灯もある。いまにも消えていきそうな灯もある。それらの違いに人生の違いを重ねて考えてしまう。由紀とのこと、母親とのこと、由紀と母親とのこと……、これらにどう収まりをつけるべきなのか。二人のどちらも傷つけたくない……）

才野木は、ふと心の底に二つの根が張っていることに気づいて、いまさらに戸惑い、そして困惑した。

気がつくと、由紀が入り口でボーイに声をかけているところだった。才野木も立って小さく手を上げる。

由紀は席に着くなり、そっとハンカチで目じりを押さえた。才野木はしばしボーイを制した。ハンカチをしまい入れ、由紀の笑顔が戻ってからボーイを呼んだ。

直ぐにオーダーはきた。才野木はスコッチの水割りの、由紀はカクテルの、言葉のない互いの思いを秘めたグラスをそっと合わせた。

「今回は……心配したなぁ。でも大事に至らなくて良かった」

「本当に、ごめんなさい」

才野木は、どうして睡眠薬まで飲んだのかと訊きかけて、その言葉を飲み込んだ。意図があったのなら由紀の心の深いところにまで踏み込み過ぎる気がしたのだ。

しばらく時間をおいてから由紀が口を開いた。

「ヨシさんに、お詫びと、お願いがあるの……」視線はテーブルのグラスに添えた両手に留まっている。

「ん、なに?」正面に視線を止めて、優しい声で才野木が訊いた。

由紀は唾を飲み込み、肩で大きく息を吸って、それを吐き出してから重い口を開いた。躊躇いを押しきって言う、そんな感じだ。

「わたくし……お見合いをしようと思うの。ううん、直ぐじゃないの、……その内に」

「……………」

「怒ったの?」

「いや、ボクも考えていたことではある。あるんだが……」

才野木は、相手は母親から聞いた青年かと口に出しかけて、慌ててそれも飲み込んだのだった。そんなことを訊いて何になる。別れ話を打ち明けられている男が踏み込む領域ではない。

正直な心は、見合いは待ってくれ、いまは由紀を手放すことなど考えられない、と言いたかったがそれも言えないことだった。

「ごめんなさい。許してくださる?」そう言って、由紀はまた肩で大きな深呼吸をした。

「それで、お願いと言うのは?」

由紀はまた大きな深呼吸をした。躊躇いを空気に溶かして吐き出そうとしているのかも知れなかった。

「どうしたの?」

「お見合いをして、結婚しても……逢って欲しいの」

才野木は水割りを一気に飲み干した。その冷たさがかろうじて才野木の動悸を抑えてくれた。

ボーイを呼んでお代わりを頼んだ。それからタバコに火を点け、紫の煙を吐き出してから言った。

「そんなこと、……できるわけがない」

「でもそうしたいの、そうでないと、お見合いなんてできない」

「…………」

才野木の心中を激しく駆け回るものがある。

（……由紀が本当に結婚に踏みかえる決心をしたのなら、その心情を汲んで背中を押してやるべきだろう。それが由紀にしてやれる唯一の思いやりだろう。そうは言うが、別れられるのか？　……別れなければならないだろう。諦められるのか？　……諦めなければならないだろう……）

才野木の頭で、諫める良識と、執着する未練とが混濁しながら葛藤した。その混濁と葛藤からは脱出できてはいない。脱出できてはいないのだが、才野木の中にある良識が考えられないほどの強い力で才野木を誘導していこうとしていた。

由紀もまた、見合いをすると口にはしたけれど取り消そうか、やはり今のままでいたいと言い直そうか、表情にその心の葛藤が見え隠れした。

由紀はうつむいたままで、何度も深呼吸をした。そして遣る方なさそうに一気にカクテルを飲み干した。心の海は茫々として波がささくれ立っているのだろう。

才野木はカクテルのお代わりをオーダーした。喉が渇くのか、カクテルがくるまでに由紀はグラスの水まで飲み干した。湿った沈黙が淀んでいる。湿った重い何かが厚く広がっている。

カクテルがきて、心の葛藤を追い払うかのようにそれをゆっくり傾けてから、由紀は才野木にこんなことを言った。

「もう一つ、お願いがあるの」

「……ん？」才野木は正面から由紀を見た。

「……お母さまを、どう思います？」

才野木はドキリとした。『嵐山山荘』での母親との夜が頭をよぎった。由紀は知っているのか？　母親は打ち明けたのか？　いやそんなはずはない。そのことは口が裂けても言えないと、病院の屋上でも言っていた。

「……どうって？」

「ヨシさんからみれば、年下でしょ」

「そうだな、由紀はボクに嘘をついていたけどね」

「お母さまのお歳のことで嘘を言ったのはごめんなさい、騙すつもりじゃなかったの」

「そのことは大した問題じゃない。気にはしていないよ。それで……」迂闊なことは言えない。こんな言い回しになった。

「どんな印象を、お持ちですかっ?」

由紀はわざと言葉尻をはねあげて、戯れた言い回しをした。自分の気持ちを超えるためには、それしか言いようがなかったのだろう。

「どんなって……」

「可愛いでしょ?」

母親の躰を知る前ならば、由紀とよく似ていて好みのタイプだね、くらいの冗談を言えたかも知れない。だが今は冗談でも口にできる言葉ではなかった。

「……女性を感じる?」才野木の瞳をのぞき込んで由紀が訊いた。

「もちろんだ」

「……、よかった」「よかった?」

「ヨシさん、ときどき、お母さまと逢ってあげてくれないかしら?」

「なんだって!」思わず声がうわずった。才野木は由紀が何かを感じとったのではないかと狼狽した。

「お母さまから、何かお聞きにならなかった?」「いや……」

惚けるしかなかった。母と娘で話し合ったとき、才野木に対して特別な思いを持ってしまっていることを打ち明けた、とは聞かされていた。しかし由紀の気持ちを思えば迂闊なことは言えない。誤解も避けたい。

「……そうなの？」

「どういうことだ？」

由紀の心はいまだに迷っているのだろう。ときどき溜息をつき、ときどき何かに思いまどうかのように宙に視線を泳がし、ときどき深呼吸をしながら、途切れ途切れの言葉を繋いだのだった。

――お母さまと、見合いと結婚について、互いの思いを晒して正直に話し合った。そして結婚するとした場合の条件を整理した。

一つ目の条件は、自分は見合いをすることにする。たぶんその結果は結婚ということになると思う。そうなっても別れようと思うまでは才野木さんとの付き合いは続ける。ふしだらと思うかも知れないけれど黙認しておいて欲しいということ。これはさっき由紀の口からも聞いた。

二つ目の条件というのは、お母さまも才野木さんにそんな思いを持っているのなら、私の代わりに才野木さんと付き合ってあげて欲しい。お母さまの人生を考えてみると、心にある空白も、不納得も、苦悩も、同じ女としてよく理解できる。同情もする。残りの人生を悩んでいるのも分かる。それを埋めてあげたいとも思う。自分の気持ちとしては辛いことだけれど、才野木さんが他の女に向いて行くことの方がなお辛い。相手がお母さまならまだ我慢もできる気がする。結婚しても才野木さんとの付き合いは続けるのだから、他の女には決して向いて欲しくない。他の女との妥協はできないが、お母さまとなら妥協ができるような気がする——

由紀は、この二つのことを、見合いすることの条件にしたのだと言う。才野木は話を聞いて、つじつまは合う話なのかも知れないが、思いがけない内容に戸惑い、更に困惑した。

「それで、お母さまは何とおっしゃったの?」

「しばらく考えてから、才野木さんに失礼じゃないかしらって言うの。それよりもお母さまはどうなのって訊いたら、才野木さんさえよろしければって。ヨシさんどうかしら?」

「結婚してからもボクと付き合いを続けることについては、何とおっしゃったの?」

「何も言わなかったけれど、頷いてくれたわ」

「頷いた?」「ええ」

その瞬間才野木は、母親から見て相手の青年はよほど上質な人間なのだろうと思った。娘の言うとおりにした場合の結末についても、母親は予見を持っているに違いないと思った。

(……その青年との関係が始まれば、由紀は間違いなく、青年の魅力を発見していくだろう。子供が生まれれば、確たる母になるだろう。そうすれば確たる妻になってもいくだろう。根底には、常識的な分別も、真面目さも持っている。由紀はそういう娘だ。

その一方で、自分と才野木との関係ができれば、それなりの防波堤にもなるに違いない。その結果として、才野木に向いている由紀の気持ちも、時間が経つに連れて薄れていくだろう。物理的にも、立場的にも、おそらくは精神的にも、由紀はそうならざるを得ないだろう……）

才野木は母親の予見を推測すると同時に、母親が才野木の分別に何かを賭けているような気がした。

由紀が正面から才野木の瞳を見て問いかけた。

「どうかしら？　私の希望をきいてくださる？」

内心では、見合いをすることも、結婚をすることももう決めている。そして才野木とのことも母親との間で合意に似たものがある。

由紀には、ここまで話したからには才野木の同意を得ようとするに似た、踏み込みがあった。

「お母さまとそうなっても、由紀は許せるのか？」

才野木のその言葉を聞いて、由紀は何かを吐き出すかのように、吸い込んだ息を大きく吐き出した。そして才野木の目をじっと見据えてから言った。

「ヨシさん、本当は、お母さまと、そうなりたかったの？」

才野木は戸惑った。由紀は一つの筋書きを作りながらも、「とんでもない」と言って欲しかったのかも知れない。

「そういう意味じゃない！」

才野木は語調を強めて言い返した。本当のところはそれしか戸惑いを隠すすべがなかった。

「ごめんなさい。ヨシさんとお母さまがそうなるなんて、わたくしも……。でもそれしか納得できそうにもないの……。お願いそうして下さい。そして、わたくしが逢いたくなったら逢って下さる？」

少しの時間を置いて、由紀が再び才野木の返事を訊こうとするタイミングを待ってから答えた。

「……分かった。そうする」

才野木がそう答えると、逆に由紀の表情がみるみる沈んでいった。今度は才野木が沈黙した。由紀が強い視線で見つめ、改めにかかった。

「ほんとうに？」

「そうするのが、一番いいんだろ？」

「……、ええ、そう」力ない声が肯定した。

十一時になっていた。そろそろ閉店時間である。

「それはそうと、今日はどうする？」

「……お泊りしたいの。……だめかしら？」

「いいのか？」「……ええ」

二人は席を立った。部屋は十階である。

その夜、由紀は躰を、自分自身を、粉々にしようとするかのようだった。歯を噛みしめて泣いたり、しがみついたり、ヨシはわたくしのものだと言って言葉の同意を求めたりした。

由紀は道理の闇の中で、複雑な心情と闘い、あがいていた。

才野木は、由紀という女の躰と心をくしゃくしゃに揉んで、それを切り刻んで自分のものにしている感じだった。そして心の中にある自分の葛藤とバランスさせたかったのかも知れない、無意識にこんな言葉が口をついて出た。

「由紀」「……はい」

「由紀は、俺が女にした」

「………」

「由紀、おまえは俺が女にした。おまえは、俺が女にした」暴力的で荒々しいこの言葉を聞いて、由紀は弓のように反った。

「ええ、……そう」

由紀は自分でも確認するように呟いて、また弓のように反った。自分という女は才野木という男によって作られた女だという被虐的な肯定を生んだのだろう。それは由紀の中で官能と烈しく共鳴したらしかった。

＊

翌日は気だるい朝を迎えた。

時間を気にする必要はない。母親は由紀を休ませると言っていた。才野木は部屋を延長すると、熱いシャワーを浴び、由紀にもそれを勧め、ルームサービスを頼んで遅がけの朝食をとった。目覚めなかった神経も香り立つコーヒーでやっと覚醒した。

見れば由紀の表情に複雑な翳りが幾筋も交錯している。そのいたいけな表情が才野木の心を締め付けた。いじらしい。抱きしめずにはおれない……。

由紀も同じ心境だったのかも知れない。どちらがどちらに求めるというのではなく、自然に求め合った。

才野木は、めったなことでは落ちない俺の印をつけておきたい、そんな心境に駆られていた。由紀もまた、もっと印をつけて、お願いもっといっぱい印をつけて、そんな心情をあらわにして才野木の求めに応えたのだった。胸をえぐるような哀しさの中で、翳りを曳きながら赤い時間が流れていった。

昼食は再びルームサービスで埋め、午後四時を回ってからホテルを出た。

才野木は、その印を由紀の躰に焼き付けたつもりだったのだが、才野木自身もまたその印を焼き付けられていた。今日を境にして由紀を手放す、結婚させる、そう認識すればするほど脳裏にあった記憶がまるで溢れるように染み出してくるのだった。いずれこの濃い記憶も剥ぎ取られていくことになると思うと、果てない寂寥感も襲いかかってきた。

他方では、いまや成り行きになりつつある、由紀との関係を母親のよし乃との関係に置きかえるという理解しがたい枠組みもまた、頭に浮き上がってくるのだった。

そんなことが現実となり得るのか？　由紀の躰と母親の躰との相克に悩みそうな、倫理や道徳や自尊心との相克に悩みそうな、しかし割り切ることさえできれば納得していけそうな、そんな複雑な思いが錯綜し続けた。

大阪に向かう新幹線のシートに身を沈めた才野木の脳裏は、果てしなく実に茫洋としていた。

十

才野木は由紀への電話を一切控えるようになった。それは結婚を大前提に見合いをした由紀への、才野木がなし得る唯一の配慮だった。同時に相手の青年への礼儀でもあった。

その一方で、病院騒ぎのときの経緯や、由紀が赤坂のホテルまで追ってきたときの経緯を振り返れば、母親にはなにがしかのフォローをしておかなければならなかった。心に残っている嵐山でのこともある。そこで、よし乃に初めての電話を入れたのだった。

少し驚いたというか、よし乃はそのとき待ち焦がれていたような反応を見せたのだった。それはある輪郭を持って才野木にこれからの居場所のようなものを感じさせた。

そのことも背景になった。由紀の動向を知りたいと思う無意識の心理が働いていたこともあった。才野木がそれからはたまに、なんとはなく、よし乃に電話を入れるようになったのも成り行きと言えるだろう。

その都度の、よし乃の受け答えは才野木にあった気恥ずかしさを薄め、二人の世界をなしていった。会話も馴染んで、次第に肩の力を抜いて話せるようになっていったのだった。

だが互いに由紀の動向に触れることは意識的に避けた。十二月には才野木も仕事で何度か上京したが、よし乃にその旨の連絡を入れることもなかった。

暮れも押し詰まってから、才野木の携帯に由紀から挨拶にかこつけた電話が入った。久しぶりのせいもある。心にある作用のせいもある。やりとりはどことなくぎこちない。しかし声を聞けば懐かしさが湧いてくる。心も無色透明とはいかない。

しかし互いに、見合いをしたその後に触れることはなく、差しさわりのないやり取りで電話を終えた。才野木の脳裡には偽善的な空白が色濃く残った電話だった。

◇

年はかわった。新しい年になったのに、才野木の心は晴れ晴れとはしなかった。晴れているのに傘をさして歩いているような日々が続いていた。よし乃とも、電話のやり取りはしても、逢うことはなかった。

それから半年ほどが経過した六月のある日、才野木はよし乃からの電話で、由紀が見合いをした青年との結婚を決めるようだと聞かされた。よし乃の早合点ではないか、才野木がそう思ったのは未練がましいことだった。その数日後に由紀から電話が入った。

由紀は、報告と相談があるのだけれど、次回の東京出張はいつになるだろうかと訊いた。丁度翌日、才野木は上京の予定だった。

明日上京する予定だと答えると、由紀は一瞬沈黙して少し躊躇っている風だったが、結局は赤坂のホテルで午後六時に待ち合わせることになった。

由紀の報告というのは結婚を決めたという話に違いなかった。才野木の心には正体の分からないものが巣くっていたのだが、しかしこの数ヶ月間で、それを包みこむようなある種の冷静さもまた整ってきていた。由紀の報告は落ち着いて聞くことができるだろう。才野木はそう思った。

＊

翌日、才野木がホテルに着いてみると由紀は既に待っていた。カップのコーヒーは口をつけられずに冷めていた。

「ヨシさん、お久しぶり」

「ああ、久しぶりだね。もうこの時間だ、食事にするか?」腰を下ろすこともなく、立ったままで才野木が訊いた。

「ええ、おなかが、空いているの」と由紀はすぐに応じ、「ここのレストランにしたい」と言い足した。

レストランからは暮れかけた街のネオンがよく見えた。ネオンの輝きは変わらないはずなのに、いままでとは何かが違って見える。互いに言葉も少なく、そのせいかなんとなく白々しく、薄い色合いの中で、仕事のことを話題にして食事は終わった。

同じ階のナイトラウンジに移った。ここはレストランよりも照明を落としている。窓を透して見る東京の夜景は、何処までも続いてよく見える。だが景色はやはりどことなく違う気がした。

才野木の水割りと由紀のカクテルが同じように半分くらいになったとき、由紀が重かった口を開いた。

「ヨシさん、お母さまと、一度くらいはお逢いになったの？」

あれからもう半年が経っている。由紀は窺うように才野木の瞳を見て訊いた。

「いや、なぜ？」才野木も由紀の瞳に視線を留めて訊いた。

「本当に？　一度も逢ってないの？」

「ん、東京には出張で何度もきていたんだが……」

由紀の目から何かが消えた。由紀は、一度くらいは逢っているかも知れないと思っていたのだろう。

「由紀に内緒で、お母さまに逢っていると思っていたのかい？」

「そうじゃないけど、そうかなって……」

「期待に添えなかったようだな」

「……嫌味な言い方をしないで。ただお約束があるでしょ。ヨシさんがお母さまとお逢いになっても、それはそれで……。でも、やはり少し辛いかな、って……。でもそうじゃないと、お母さまもお可哀そうだし」

由紀も揺れているのだろう。しかし才野木はそれ以上に複雑なのだ。グラスを空けて追加オーダーした。

「ヨシさん、ごめんなさい。許してね」

「いいんだ。隠し事はない」

「そのことじゃないの、わたくし、彼と……」由紀はそこまで言って視線を落とした。

「……、正式に決めたのかい？」「……ええ」

由紀には明るさもはしゃぎも見えない。うつむき加減の目は今にも泣き出しそうに潤んでいる。いまとなってはこれ以上は何も言わせない方がいい。才野木は由紀の言葉を遮って言った。

「お母様からも詳しいことは窺っていないが、……いい人かい？」「……ええ」

「由紀がいい人だと思える人なら良かった。幸せになれる」

と口にした途端に才野木の心で、湿ってべったりと貼り付く薄黒いものが広がった。それに、頭の中でも何かが壊れ、少しずつ欠け落ちていくような気がした。だが才野木はそんな心とは裏腹に、紳士的に乾杯すべくグラスを持った。

由紀を促してグラスを合わせる。由紀がその青年に対してどれほどの心情でいるのかは測れないが、由紀の心が悶えているのは表情からも分かる。

「ヨシさん、今度はいつ東京なの?」

「ん? まだ決まってないんだ」

「本当は今日ではなく、四、五日先に、逢いたかったのだけれど……」

由紀はプッと頬を膨らませて、やっと聞き取れる小さな声で「一昨日から体調が……」と言ってうつむいた。

そういえば電話でも少し躊躇っていた。由紀は生理らしかった。才野木はそうだったのかとも思い、本当なのかとも思った。

由紀は才野木のそんな心の動きに気づいたらしい。絶対に嘘ではないことを確認させておきたいと思ったのかも知れない。

「……でも、今日はお泊まりしたいの。わたくしの本当の気持ちは伝えておきたいの」

「泊まる？　……婚約したのに、そんなことをしてもいいのか？」

「ええ。お母さまにもそう言ってあるの」

「何だって！　お母さまは、それで何とおっしゃったの？」

「何もおっしゃらなかったわ。駄目とも、そうなさいとも。……でも、これは約束というか、条件というか、でしょ」

由紀はここだけは、さらさらと喋った。しかし結婚を決めた由紀である。いかにそれが条件だったとは言え、よし乃とて本当は放任できるはずがない。才野木にしても倫理的にわきまえなければならない道義がある。

「今日はお帰り。懐かしかったし、顔を見て安心もした。お母さまも、きっと心配しておられるだろう」

才野木の言葉を聞いて由紀は黙り込んだ。そしてポロポロと大粒の涙を落とした。ハンカチで拭こうともしない。落ちるに任せている。才野木の方がうろたえた。

「ヨシさんは、わたくしを疑っている。生理も口実だと思っている。わたくしの気持ちも知らないで……。わたくしが婚約をしたのも、お母さまとヨシさんが仕向けた結果ではないのかしら。お母さまが勧めて、それはわたくしのことを心配してくださった上でのことだと承知はしているけれど、ヨシさんだって一連のことにも条件にも同意したじゃないの。それなのに、わたくしを避けようとしている……」

由紀は涙をポロポロと滴らせ、息を切らせて一気に才野木を責めた。才野木の方がうろたえた。

「分かった。そんなつもりではない」

「もういいわ。わたくしが、そう言ったからって……」由紀は激しく抗議して、拗ねて見せた。

才野木が折れる他はない。しかし婚約した由紀である。そんなことをすれば婚約者に対する信義にも外れる。それに婚約者に知れれば破綻になる可能性だってある。よし乃とて気が気でないだろう。

由紀には節度を持たせなくてはならない。なだめるために同意したものの、才野木は狭間で苦悩した。こうなった以上は闇に包むしかないのか——。

由紀は、どうしても一緒にバスを使いたい、と言ってきかなかった。自分が生理に入っていることを確認させたいらしい。

浴室で半年ぶりに見る由紀の裸身は新鮮だった。才野木の心に、犯してはならないものを犯そうとしている切ない罪悪感が染み上がってくる。やるせない、切ない、そしてにがい。

それでも萎えていた欲情は翳りながら広がっていくのだった。

由紀はそんな才野木の右手を秘部に導いた。そこは溶け出した熱を滴らせていた。才野木の右手が秘部に泳ぐ。由紀はたちまちにして限界を迎え、ぶるぶると躰を震わせて頂点を越えていったのだった。才野木は崩れ折れそうになる裸身を支えて耐えた。

由紀は才野木の右手を持ち上げて頬を染めた。それは生理の証に染まっていた。恥ずかしくても、どうしても才野木に確認させたかったのだ。

やがて由紀が膝をついた。口唇の甘美な陶酔が才野木を包んでいく。その官能は、九州旅行の折の唐津の夜のことを才野木に思い起こさせた。闇の部屋で由紀が初めて才野木を含んだときのことである。ぎこちなくて快感は得られなかったが、そのときの「わたくしは、とうとう、ヨシさんを食べてしまったのですね」と言ったいじらしい言葉が、思い出されたのだった。

いま、才野木は甘美な陶酔に包まれている。唐津とは違う。だが解放された快感ではなかった。切なく苦しい快感だった。しかし目くるめいて、気がつけば口中に爆ぜていた。

ベッドで才野木が訊いた。

「由紀、電話では、相談があると言っていたが……」

「相談と言ったらいいかしら、お願いと言った方がいいかしら……」

結婚は何かと物入りでもある。才野木は相談とは金銭的なことではないかと思っていた。由紀の為には厭う気はない。むしろそれくらいのことはしてやりたい。金の事なら何とでもできる。

「なんだい、何でもいい、言ってごらん」

由紀はなお、口にするのを躊躇っている風だ。

「聞き届けてくれるって、約束してくれたら言います」

「ああ、いいとも、何でも言ってごらん」

「本当に、聞き届けてくれますか?」ここぞとばかりに、由紀は射すような視線で才野木の瞳を見て念を押した。

「ん、約束する」

「本当に?」更に駄目押しをしてきた。

「本当だ、約束する」

「……、ヨシさんの、子供が欲しいの」

「なんだって!」

才野木は耳を疑った。思いもかけなかったことだ。結婚を決めた由紀なのである。そう報告したばかりだ。それなのに才野木の子供が欲しいと言う。

男を繋ぎ止めるために女が子供を作りたがる話はよくある。だが結婚する由紀にとっての主体は、いまや婚約者なのである。才野木ではない。

「わたくし、結婚はします。家庭も大事にします。彼もいい人なのでちゃんとします。それとは別に、ヨシさんの子供が欲しいの。……彼の子供として育てるつもりなの。ヨシさんにはこれからも逢いたい時は逢える約束だけれど、結婚すれば時間的にも疎遠になっていくことは避けられないと思うの。だからいまの内にヨシさんの子供を作って相似を持っておきたいの。ヨシさんと歩いてきた証をいつまでも持ち続けたいの。彼には疑われないようにする自信もあるの。たとえ彼の知るところとなっても、ちゃんと説得するつもり。

母の話を聞き、母の人生を考えたとき、わたくしも、女にはやはり伴侶が必要だと思うようになったのね……だから決して離婚はしないつもり」

由紀はさらに付け加えて言った。

「ヨシさんに打ち明けるべきかどうか、ホントは迷ったのね。だって言えば反対されるかも知れないし、ヨシさんを苦しめることになるかも知れない。だから黙って勝手にそうしようとも思ったのね。関係は続ける約束だから、躰のタイミングを合わせれば子供は作れるわ。つい口を滑らしてしまったけど、そういうことなの……」

二人の間だけを考えれば、思いつく形の一つであるかも知れない。しかし婚約者に対してはこれほどの背信はない。そのことも由紀は分かっているのだと言う。

由紀が初めて迎え入れた男は才野木である。それが由紀の女としての出発点だった。言わば才野木によって、由紀という女が作られてきたとも言える。

その才野木の残像を残し持っておきたいという気持ちは、女として純粋とも言えるし一途とも言える。その女の純粋な一途さは、その女を最も貞淑な女にもするのだが、裏返せばとんでもない悪女にもしてしまうことを才野木は初めて自覚したのだった。

由紀がこんな烈しさを秘めているとは思いもよらなかった。だが由紀はそういう女だったのだ。疎んじるほどに褪せてしまった女にここまでの一途さを示されれば困ったことだが、才野木にとっての由紀は理性で未練を断ち切ろうとしている女なのである。心根は可愛いという他ない。だからと言って由紀の言うとおりにできるはずもない。そんなことをすれば由紀に地獄の人生を歩かせることになる。

ここにきて才野木の脳裏に邪推が巡った。由紀は相手の青年に既に躰を許しているのではないかという邪推である。

不義の子であることが分かっても青年を説得する自信があると言った。青年が由紀の肉体に埋没しきっていることを、由紀自身が認識しているからではないか？　由紀の肉体なら青年が虜になっていても不思議はない。そう思った途端、今さら勝手な話だが、才野木に輪郭のない黒い嫉妬が層をなしてべったりと取り巻いた。

「ヨシさん、何を考えているの？　迷っているの？」

「………」

「だめ、わたくしは、もう決めていることなの」

由紀の裸身が才野木に絡みついてきた。二つの躰を一つにする、そんな意志を感じさせた。絡み合う躰の二つの血は、その気になりさえすればいつでも新しい命を生むだろう。

「一月末までに、何回かお逢いしたいの。妊娠も確認しておきたいの」

由紀の話では年が明けた三月に挙式の予定らしかった。

「分かった……」才野木は返す言葉を見つけられずに一応はそう答えるしかなかった。

その夜、才野木は眠りに入ることができなかった。整理したつもりでも心の底でなお尾を引いている未練、婚約者に躰を許したに違いないという纏わりつく嫉妬、婚約者を裏切って自分の子供を産みたいと言われた背信の上に立つ陶酔、浮き上がっては消えていく紳士然とした倫理観、よし乃に対する信義、に苛まれたからだった。

＊

翌朝、遅れて出社すると言う由紀と別れてから、才野木はよし乃に連絡を取った。混沌と絡み合う事態を一つの輪郭に整理する手立てが欲しかったのだった。その相談相手は、よし乃しかいない。

よし乃はお電話をお待ちしていましたの、と言わんばかりの対応を見せてから、「今から東京に出て行きますので、ホテルのお部屋で待っていて貰えないかしら……」と言った。こんな話は何処そこでできるものでもない。才野木は再び同じホテルの部屋を取った。

二時間ほど後に、よし乃がホテルの部屋を訪ねてきた。よし乃も極端に変身する。半年前の病院の屋上で見たあの痛々しいやつれはどこにもない。きりりと髪を結い上げ、和服の襟元を引き詰め、帯を引き締めた姿は、凛として一部の隙もなかった。

相変わらず男を安易には寄せ付けない雰囲気を漂わせている。よし乃と行き過ぎて、いい女だと思っても大概の男は声をかけられないだろう。自分より数段上の男がついている、軽くいなされるのが落ちだ、と思うに違いなかった。目の奥に秘めた性の光を見抜かなければ、崩れて悶えのたうつ女を想像すべくもない。

才野木はルームサービスでとった洋風の特製ランチに箸を使いながら、昨夜の由紀とのやり取りの全てを正直に打ち明けたのだった。よし乃は箸を使いながら黙って才野木の話を聞いた。

話を聞き終えたよし乃は箸を置いてから囁くように言った。

「わたくしを……抱いて下さいまし」

「なんですって！　そんな、今日はそんなつもりでは、それに夕べは……」

「承知しております。何も仰らないで、わたくしを抱いて下さいまし」よし乃は繰り返して言った。

才野木にもいずれはよし乃との関係が始まることになる、という認識はあった。それは三人の合意した方向性でもある。決して常識的とは言えないが、そこには隠れるようにして濁った期待もないではなかった。だがそれはやはり由紀が結婚してからのことだと思っていた。それが才野木の由紀への道義でもあった。

しかし男の節度ほど頼りないものはない。倫理も道徳も場合によっては簡単に負けてしまう。才野木は、よし乃の目が放つ熱情に、早や溶かされ始めていることを自覚した。

あの『嵐山山荘』での夜もそうだった。よし乃が女として何かを決意したとき、才野木は金縛り状態になってしまう。それは意識の裏にある欲情を引き出して絡みあうのだった。

こうして才野木は由紀と過ごした翌日の昼間に、同じホテルでよし乃と交わった。よし乃が裸身を添わせて安息に身を任せながら耳元で囁いた。

「これからは、ときどき、逢ってくださいまし」

「由紀が、由紀さんが結婚してからと」

「そうでしょうね。でもいいのです。わたくしは由紀の身代わりなのですから……」

「そんなつもりでは……、由紀さんの申し入れを、どうしたものかと」

「由紀の結婚は、本当に認めてくださるのでしょ」

「それは、……ええ」

「はっきりと、仰ってくださいまし。お約束ですから……」とろけるような声音だったよし乃の言葉が、この時ばかりは鋭さを帯びて聞こえた。

「ええ、分かっております」

「では、わたくしに考えがありますの。由紀には、二月の終わりに逢ってやって下さいまし」よし乃から謎かけのような言葉が返ってきた。

「二月の終わり？　……なぜ二月の終わり？」

「いいのです、そうしてくださいまし。それまではお逢いにならないで下さいまし」

「……………」

「おさびしいときには、いつでも、わたくしにお逢いくださいまし」

嫌みのない、清潔な媚をにじませた声音が、強制を含んで優しく耳をくすぐった。さらに、東京でも、大阪でも、どこででも、と付け加えたのだった。

「どこにでもきてくださるのですか？　お母さまが？」

「お母さまと呼ぶのは、お止めくださいまし。よし乃、と呼んでくださいまし」同じ声音で注文をつけた。

「……正直なところ、由紀さんにもまだ未練がある一方で、よし乃さんにも魅かれている。節操がないと思われるでしょうが……」

「さん、はお止めくださいまし。よし乃、でいいのです。これからは祥之さんが寂しい思いはなさらないようにして差し上げます。何をしてでも」

「何をしてでも？」「……、ええ」

才野木はふと気づいた。無意識の内だったが、やり取りの言葉に早や性に遊んでいるところがある。そこにある甘い蜜の味も感じている。よし乃もそれは変わらない。よし乃も遊んでいる。

それは壮年の男と女が心根を放し合ったことの証左なのかも知れなかった。漠然とだが才野木は、よし乃の魅惑とその肉体が与える快楽に、由紀への未練が薄められ、やがて消されていくような気がした。

結局、才野木が迷い込んでいた由紀の申し入れについては、そのまま聞き留めておいてやること、そして二月の終わりになってから逢ってやること、それまでもそれからもよし乃との逢瀬を持つこと――これが、よし乃の判断であり、誘導だった。

十一

この年の師走を迎えた。

そして才野木は思う。今年は大きく変化した年だった。流れに流されたような、作用に嵌まったような、なんとも表現しにくいいきさつなのだが、由紀との関係がよし乃との関係におきかわった。

他人が客観的にみれば、なんと非道徳的で、しかも不自然極まりない関係に見えるだろう。だが、三人の間で生まれた事実なのである。才野木自身、これが事実だと認識するたびに、主体性や確たる意志のない自分自身に嫌悪を感じるのだったが、しかし他にどうする方法があったのかと自問しても答えを見出すことができないのだった。

その後、由紀から逢いたいと何度か言ってきたのだったが、才野木はよし乃との約束に従って口実を作ってはそれを引き延ばしてきた。これ以上は由紀を不義に引き込んではならないという強い自責もあった。由紀も結婚に向けてその準備に多忙なこともあったのだろう、強引に求めることはなかった。

才野木は、暮れになってから別々に、由紀からも、よし乃からも電話をもらった。様子うかがいと年末の挨拶程度のものだった。

由紀は「年末からパリに行ってきます」と言った。「これからは、海外旅行などできなくなるだろうから、お友達と記念に行ってくるのだ」という話だった。

「パリに行くのなら、ルーブルとオルセーは是非見てくるといい。一寸遠いがノルマンディーにも足を延ばせるといいね。だが季節的に寒いから気をつけて」と才野木も簡単に応えたものだった。

よし乃は「来年はいいお年でありますように」と言ったが、由紀のパリ行きについては何も言わなかった。バタバタした暮れのことである。そんな電話で終わっていた。

正月三が日が過ぎて初出社してみると、年賀状に混じって、よし乃から才野木宛ての封書が届いていた。

才野木祥之さま

明けましておめでとうございます。旧年は大変お世話さまになりました。新年もどうぞよろしくお願いいいたします。

このお手紙をお読みいただけるのは一月の五、六日頃でございましょうか。年末のお電話では申し上げなかったのですが、由紀はパリに行っておりまして、わたくしは独りでお正月を過ごしております。

由紀は祥之さまに心遣いをしたつもりでございましょう、お友達と独身最後の記念旅行と申したようでございますが、実は結婚相手の彼と一緒に参っております。由紀の気持ちを察して下さってお許しくださいまし。

彼の父親がパリに駐在していることもあり、結婚式後は彼の仕事の関係から休暇が取れないということもあって、ご挨拶とハネムーンを兼ねて二人でヨーロッパを回っているのでございます。結婚式の段取りも打ち合わせて戻ることになっております。戻りは一月の終わり頃になろうかと思います。

祥之さまにはまだ申してなかったようですが、由紀は昨年に会社を辞職しておりまして、時間的には自由になっておりました。彼の方も一ヶ月ほど休みを取っているようでございます。改めて由紀から報告があろうかと思いますが、よしなにお許しを下さいまし。

ところで、旧年に由紀が祥之さまに申しましたご無理なお話の件、この旅行が解決するものと思います。両家が認めた婚前旅行でございます。ハネムーンベイビーを期待しております。少々工作もいたしました。私の独断でございます。お許し下さいまし。

一月はいつごろ東京にご出張でございましょうか。お目にかかれる日を心待ちに致しております。ご予定が決まりましたら必ずご連絡をお願いいたします。その折は少しゆっくりお時間を取っていただければ幸せに存じます。

今年はあわただしいことになりそうですが、祥之さまの上京に際しましては何をおきましてもお目にかかるつもりでございます。このこと、きっとお含みくださいまし。

お躰おいといあそばされますよう。

かしこ
岡崎よし乃

由紀の結婚への筋道は既定路線だったが、手紙を読み終えた才野木はとてつもない虚無感に襲われた。いまさら動揺するのもおかしな話だが、いたたまれない感情に煽られて大阪の才野木のところへ飛んできた早稲田の学生のことが思い出された。

挙式は三月だと聞いていたから、まだ先のことだという気持ちがあった。だがこの手紙を読んでいきなりきた感じがした。しかも年末からヨーロッパに婚前旅行中だという。才野木の知らないところで事は進んでいたのだった。

才野木はよし乃に手紙を書いた。

岡崎よし乃さま

新年おめでとうございます。本年もよろしくお願いいたします。

お手紙を拝見しました。少々驚いておりますが、正直に教えていただいて感謝します。そのことに関して何も申し上げることはありません。いまとなっては由紀さんのお幸せを祈るばかりです。由紀さんにとって楽しいご旅行であることを祈っております。

お手紙有難うございました。

才野木祥之

短い返信になった。才野木は一月四日の年始行事を終えてからしたためたものを、その日に投函した。五日、六日は大阪の年始回りをして、七日、八日は上京して東京都内の年始回りの予定だったが、なぜかそのことは書かずにおいた。

よし乃から六日に電話が入った。新年の挨拶をして、お手紙を受け取りました、とだけ言った。手紙では訊いていたのに、東京にいつくるのかとは訊かない。

「いいお正月でしたか？」才野木も儀礼的に訊いた。

「独りですから、ノンビリはしましたけれど、少し退屈でした」

「ずっと……独りで？」

「ええ、四日に葛飾の妹が参りましたが、その日の内に戻りましたから……」

「七日、八日と東京の予定です」口が滑った訳ではない。なぜか才野木はそう言ってしまった。

「…………」

「お逢いできる？」

「逢って、下さるのですか？」

「……都合が悪いのかな？」

「いいえ、わたくしは独りですから、特別な予定はございませんの」

「じゃあ、お逢いできる？」

「……、ええ」

よし乃は、積極的でも消極的でもなく、才野木の心を窺がうかのような言葉遣いだった。

取りようによっては拗ねているような印象も受けないではない。才野木は拘らずに続けた。

「じゃあ、八日の夕方はどうかな？　仕事の予定はその日で終わるから、私としてはその方がゆっくりできるのだが……。場所は、何処にしよう？」

「わたくしは、何処でも」

「お正月だし、のんびりできる所がいいな。……温泉なんかいいけどね」何処がいいかと考えながら、なんとなく口に出た呟きだった。

「それでは、わたくしにお任せくださいまし。箱根でも予約を致します」

「箱根なら私も知っている所がある。仙石原にある『仙石楼』なんだが、ご存知？」

「いいえ」

「一旦電話を切る。空いているかどうか確認して、かけなおす」

才野木はやり取りをしている内に積極的になっていた。由紀を失ったという虚無感の反動がよし乃に向いたのだ。男の傲慢かもしれない。節操のない身勝手かも知れない。だがつき上がってきた衝動は、抱えた虚無感をよし乃の性で埋めて欲しいという強烈な欲望だった。よし乃の拗ねているようにもとれる言葉遣いが輪をかけたこともあった。

旅館は取れた。よし乃に再び電話を取る。

「わたくし、その日は……」

「なに、本当は、都合が悪かったのかな?」

「いいえ、そういう意味じゃないの。わたくし……」

「なに?」才野木は電話の向こうの声に耳を澄ませた。

「……狂ってしまうかも、その日」

よし乃のこの言葉は才野木を倒錯させた。のみならず、才野木の欲情を激しく刺激した。

「いいじゃないか、その方が嬉しい」

「……本当かしら?」

「本当だ、嘘は言わない。そういう約束だった」

「……ええ」

青年男女がデートの約束をするのとは訳が違う。二人の会話は熟れきった性の上に立っているのだ。従って言葉も卑猥だった。

才野木は旅館までの交通経路と、電話番号と、自分の大体の到着時間を教えて、先に着いたら待っていてくれと告げた。よし乃は「本当に楽しみ……」と言ったあと、「きっとですよ」と念を押してから電話を切った。

＊

翌朝、才野木は社員を同伴して朝一番の新幹線に乗った。

東京に着くなり年始回りに奔走して、その夜は都内のホテルに泊まり、翌日も早朝から奔走した。一切のスケジュールを終えると、社員と分かれて急ぎ新宿に回り、湯本行きのロマンスカーに飛び乗ったのだった。

湯本では構内に何台ものタクシーが客待ちをしていた。由紀と忍んだあの時は一台も無かった。やむなく国道を反対に向かって走るタクシーを止め、乗り込んでから無理やり方向転換をさせて、由紀の待つホテルに向かったものだった。今日は由紀ではない。

「仙石原の『仙石楼』まで」

運転手が「お客さん、山は大層な雪ですよ。仙石原まで行けるかどうか……」と渋った。そう言えばここ湯本でも、建物の屋根や路地にかなりの雪が残っている。しかし仙石楼に行かない訳にはいかない。よし乃はもう着いているかも知れないのだ。

「とにかく、行ってみてくれ」

客は既に乗っている。運転手は渋りながらもハンドルを山に向けた。

やはり昨日はかなり降ったようだ。登るに連れて雪は次第に深くなった。車が時々スリップする。それでもゆっくり登っていった。よし乃のタクシーが気になったが、今は前に進むしかない。

それでもなんとか『仙石楼』に着いた。「来るにはきたものの、下り道の方が危ない。湯本まで下りられるかどうか……」と愚痴をこぼす運転手に、才野木はチップをはずんで手を打った。

楼は夕暮れに沈みかけているが、玄関だけは煌々と明るい。玄関の反対側の南面には、箱根の天然石をふんだんに使った大きな池が整えられている。池は全ての部屋の際にまで延びていて、冬でも元気に泳ぎ回る鯉が部屋から楽しめる筈だった。

女将が迎えてくれて、「お連れさまが、お待ちでございますよ」と囁くように耳に入れてくれた。よし乃は既に到着していた。才野木は胸を撫でた。

女将から引き継いだ仲居が、廊下を突っ切って右に曲がって突き当たりの、一階の端の部屋に案内してくれた。廊下との仕切りになっている格子戸を開け、内側の分厚い引き戸を引いて内に声をかける。

内から応える声がした。よし乃の声だった。才野木は仲居に代わって引き戸を引いて内に入った。

上がりの間の奥に、池に面して座卓を置いた居間と、並んで和室の寝室があった。居間には池と鯉を楽しむための板敷きの間が付随していて、一人がけの籐製のソファが池に向いて二脚置いてある。肘掛がついた広めのゆったりしたものだ。

よし乃はソファで、暮れかけた池で泳ぐ鯉に見とれていたらしい。立ち上がったのと才野木が入ってきたのと同時だった。

「やあ、……待った？」

才野木は床の間を背に座卓に向かって胡座をかいた。よし乃は下座に正座しなおすと、

「お久しぶりでございます。お待ちしておりました」と手をついて才野木を迎えた。

他人行儀にも見えるこの仕草は、折り目正しさを持ったよし乃の、よし乃らしさなのである。きりりと髪を結い上げた和服姿には、上品さだけでなく、いつもながらの凛とした厳粛さが漂っている。まさしく淑女の観である。いつも思うのだが、その目の奥の奥を見通さない限り内に秘めた淫らさを窺うことはできない。

仲居がおうすを手に入ってきた。干菓子は落雁である。仲居は大浴場の時間を告げ、部屋付きの浴室と付随の露天風呂は一日中いつでも使えますよ、と付け加えて言った。

才野木は部屋付きの露天風呂があることを知らなかった。いままで使ってきた部屋よりも、グレードが高いのだろう。部屋付きの風呂は後に残しておきたい。食事の時間を打ち合わせておいて、二人は別々に大浴場を使うことにした。

仲居の話によれば今夜の泊り客は才野木たちだけだと言う。この雪で全てがキャンセルになったらしい。それを聞けばタクシーもよく登ってきてくれたものだと思う。

大浴場の大浴槽からは、白濁した天然泉が溢れて流れ落ちていた。源泉かけ流しである。それだけ湧出量が多いのだろう。そしてそれは才野木独りの為にだけあった。よし乃も独りその豊かな湯に遊んでいるに違いなかった。

浴衣姿で夕食についた。冷えたビールが湯に火照った躰に沁みとおる。料理は、山海の珍味をあしらい、新鮮な魚介に山形牛を合わせた会席料理である。高級感に満ちている。紳士と淑女の熟れた旅ゆきにふさわしい。

中盤からは地酒にした。ここに由紀を連れてきたことはないのに、よし乃の酌を受けていると才野木の脳裏に由紀の残影が浮かんでくる。よし乃の仄かに染まった面差しがそれを打ち消しにくる……。

食事の間に寝室の準備も整っていた。仲居が引いてからは他に泊り客もない深閑とした館は、才野木たち二人だけを包んでゆっくり更けていこうとしていた。

＊

ここにきた目的ははっきりしている。才野木にとっては由紀を失って生じた空白をよし乃に埋めてもらうことだった。よし乃にとっては蓋をして生きてきた女の空白を才野木に埋めてもらうことだった。

「よし乃、先に、洗面を済ませてくれるか」

「……、ええ」

よし乃が洗面に立っている間に才野木は部屋の全ての灯を落とした。ソファを置いた板敷の間は、雪明りだけのしっとりとした空間になった。

透明ガラスの向こうには、池端の灯篭の灯のお陰で、黒い水面と石組みに積もった白い雪が墨絵のように見える。その灯りが呼び寄せるのか、鯉が水面を揺らせている。

才野木は代わって洗面を済ませると、冷蔵庫から大吟醸の日本酒を出して、二つの冷酒グラスと共にソファテーブルに置いた。雪明りの中でグラスに注ぐ酒が満ちていくのが知れる。

よし乃がしみじみと呟いた。

「落ち着いていて、……とても、いいところね」

よし乃も気にいったようだ。才野木は何かが満たされていくのを感じた。旅先ということの効果だろう、新鮮な感傷もある。才野木はよし乃との間の馴染みが一挙に深くなったような気がした。

しばし雪明りの池に視線を遊ばしながら二人で冷酒を楽しんだ。才野木が注ぎ、よし乃が注ぐ。外ではときどき鯉が水面を跳ねる。内では才野木のタバコの火が妖しく揺らぐ。

グラスを干した才野木が言った。

「よし乃、今日は、遊んでも……いいか？」

最初は何のことかと、そんな表情をしたよし乃だったが、急いで「……ええ、もちろんよ」そんな表情に変えて才野木を見た。

いまの才野木は紅蓮の渦巻きの中にいた。心に蔓延っている虚無感に加えて、由紀は婚前旅行中と聞かされて生じた嫉妬が混ざりこんだ渦巻だった。

それに目の前には、しっとりと誘惑してくるよし乃という熟れた女の魅惑がある。その母性に甘えたいという欲望、その躰への陵辱的な欲情、が渦巻とともに湧きたってくるのだった。すべてを受け入れてくれるという女、そしてそれを許してくれるという女、そんなよし乃に対する安心感や甘えも輪をかけていた。

「何をしても……いいか？」

「……ええ」

よし乃の頭はくるくる回転した。

（……一体、どんな遊びを求めるつもりなのだろう？　確かに、どんな求めにも応じるとは言った。それに、正直に言えば、今宵の逢瀬に果てない想像の世界を描いて身もだえながら待ち焦がれていたのも本当のことだ。

でも電話で「狂うかも知れない」と言ってしまったのは言い過ぎだったかも知れない。

でもいい。才野木さんに対して、いまさら問う品位などはない。いまさら何を躊躇うことがあろう。いまさら何を繕うことがあろう。被ってきた鎧を脱ぎ捨て、女の性を晒して、その蜜に溶ければいいのだ。ああ……、いま全身を襲っているこの刺激、この興奮をなんと言えばいいのだろう……）

よし乃の血は燃え立ちながら飛沫を上げ、激しく全身を駆け巡った。打ち鳴る動悸は心を刺す期待からくるものでもあった。

才野木はよし乃に何度も酒を勧め、何度も注ぎ足しては自分もまたそれを干した。まるで酒で二人の夜を追い込んでいくかのようだ。

才野木は最後の一滴を舐めてから、よし乃を寝室にいざなった。密室となった寝室には行灯の仄明かりしかない。

そこにはスツールに似合わぬ大きな三面鏡が置いてあった。才野木はその大きな鏡に向かってよし乃に膝をつかせ、後ろから支えるようにして自分も膝をついた。鏡の中で男と女が重なっている。才野木の遊びというのが、よし乃にもやっと分かった。

「よし乃、見てごらん」

よし乃は顔を起こして鏡を見た。仄明かりの中で映し絵が見えた。

（……鏡の中に男と女がいる。なんという姿だ。よし乃はクラクラと眩暈がした。その淫らさと恥辱に頭が真っ白になった。震えが襲ってきた。心臓がどこかに飛んでいきそうになる……）

鏡の中の女は、侵略に侵略を重ねられて昇りつめ、髪を乱し、両手は虚空を掴んで何度も頂点を越えていった。

（……何ということだ。性の果てを鏡に映して晒すなんて……、こんな恥じらいがあるだろうか。肉体だけでなく、人格も、品位までもが粉々にされてしまった。しかし屈辱ではあるけれど、この刺激と興奮を、なんと表現すればいいのだろう……。二人の夫にはこんな刺激も興奮も受けたことはなかった。二人の夫に覚えさせられた屈辱は、躰を置き去りにされる屈辱だった。だがいま受けている屈辱は情欲によって犯される屈辱だ。その爛れるような灼熱感が、全身を襲っている……）

夜具に移ってからは、互いに貪り合い、爛れるような性に溺れ、深い官能の世界に溶けて彷徨し続けたのだった。

「……よし乃、湯を使いたい」やっと訪れた安息の中で才野木が囁いた。

よし乃は呆然としていた。砕かれた躰を、いまだ夜具に投げ出したままである。自失からも覚めきれていない。覗き込んで才野木が訊く。

「大丈夫か?」「……ええ」

よし乃はよろよろと立ち上がった。湯殿は、浴槽も、壁も、床も総檜造りである。新しくやりかえたのか強い香りが満ちていた。並んで湯に浸かる。言葉遊びが続く。

「よし乃、どうだった?」「………」繰り返して才野木が訊いた。

「……ひどい人」

よし乃は言葉を濁すと洗い蛇口に歩を運んで、片膝を突いた女のうしろ姿になった。

「怒って……いるのか?」

よし乃は首を横に振って否定すると、「こちらに上がっていらして」と洗い腰掛を置いて促した。才野木がそれに従う。躰を洗われるという女の献身に浸っていると、才野木はよし乃のマゾヒスティックな陶酔が再び恋しくなってくるのだった。

夜具に戻ってからは才野木が求めた。よし乃はまるでもったいぶるかのように、そんな才野木を弄び続け、陶酔させ続け、翻弄させ続けたのだった。熟れた女の熟れた性である。才野木は混濁する意識の中で何度も爆ぜたような気がする。

空白を埋めてもらおうとその母親との性に溺れる才野木と、蓋をしてきたものを砕いて欲しいがゆえに娘の恋人にそれを求めるよし乃との、熟れた熱いひと時は終わった。底のない深く濃厚な世界だった。

外は寒々と冷え込んで、いつの間にか雪が舞い、やがてそれは霙にかわっていた。明日はほんとうに山を下りることができないかも知れない。

＊

射しこんできた朝の一条の光で目が覚めた。カーテンを開けると深い銀世界だった。雪は昨日よりも数段厚くなっている。館はこんもりと雪に埋もれていた。

朝食を運んできた仲居が、「こんなお天気で、おまけに平日なので、今日もお客さまだけなのですよ。宜しければ、もう一晩、ゆっくりなさいませんか？」と窺うように言った。

才野木は、よし乃を見た。よし乃の目が応える――わたくしは是非。才野木にも異存はない。連泊は決まった。


仲居が炬燵を用意してくれた。女将からだと言って、ミカンや、リンゴや、温泉饅頭を盛った籠も届けてくれた。

温泉楼でのフリーの一日を、雪の池で泳ぎまわる鯉を楽しんだり、耳掃除をしたり、爪切りをしたり、ミカンを剥いたり、部屋付きの露天風呂に浸って雪景色を楽しんだり、よし乃はあれこれと才野木の世話をした。よし乃の母性はどこまでも深く果てない。そんな時間の流れの中で、よし乃は重大なことを打ち明けたのだった。

――いつかは正直に話さなければならないと思っていたが、由紀は自分が生んだ子ではない。非婚の姉が産んだ子供で、その姉ももうこの世にはいない。連泊したかったのは、躰が才野木さんを離したくなかったことももちろんあるが、この機会に一切を話しておきたかったからだった。

京都の嵐山でも少しお話したけれど、長野に嫁いだのは十八歳の時だった。嫁ぎ先は旧家で、財産もあって土地では名士だったが、お姑さんが難しい人で、嫁の居場所は狭かった。

それにもともと強健な家系ではなく、夫は病弱で新婚生活も新婚と言えるほどのものではなかった。子供も出来そうにない。旧家だけに問題だった。そこで、夫の姉の子供を養女にするか、よし乃の姉の子供を養女にするかの選択が協議された。

姑は、自分にとっては実の孫に当たる夫の姉の子供を強く主張したのだったが、そうなれば嫁であるよし乃の立場が弱くなると気遣った夫が、よし乃の姉の子供であった由紀を養女にすることで押し通して、一応の決着をさせた。

夫が生きている内は良かったが、逝ってしまった後は、案の定、ごたごたが続いた。結局は相続をすべきだった財産も捨てて、由紀を連れて実家に戻ることになった。だが実家も兄の代に変わっていて、いつまでも身を置くことはできない。再婚するか、由紀を連れて生計を独立するかしかなかったが、あれこれ考える余裕もなかった。そこで勧める人があって再婚に踏み切った。

もう一つ打ち明けておきたかったことは、由紀を連れて再婚した夫は優秀なキャリア官僚だったが、後天性の不能者だった。そのことは嫁ぐ前に知らされていた。なぜそんな結婚をしたのかと不審に思われるかも知れないが、後天性だから嫁が来れば治る可能性があるとも言われたし、何よりも人柄が良かった。

夫も最初の内は努力していたが、ついに改善する兆しを見つけることはできなかった。結局は躰に触ることすら辛くなったらしく、逝ってしまうまで睦み合うことはなかった。恥ずかしい話だが、若い身としては辛い日々だった。隠れて自慰行為で慰めるしかない。自分が人並み以上に性を求める躰なのかどうかは分からないが、とにかく辛かった。

由紀が自分の出生の事実を知ったのは成人する前だったが、わたくしの女の苦悩を知ったのは、もっと後になってからだったと思う。いつの頃かははっきりしないが、由紀と才野木さんが知り合って、由紀自身が女として目覚めた頃ではないかと思うよし乃の述懐は続いた。

――産みの親である実の姉に対する手前も責任もある。由紀が女として日に日に変わっていくのを見るにつけ、由紀が向かって走っている相手について不安になった。自らの人生と重ね合わせ、まともな女の人生であって欲しいと、それは切実に思った。ところが、それとなく注意してみていると、普通の相手ではなさそうだ。困ったことになったと思った。ところが由紀には陰湿な翳は無く、明るく前向きにはつらつとして、肌の色さえ美しくなっていく。由紀にとっては幸せを感じる相手には違いないようだ。

自分の人生を踏まえて考えると、女にとってはどんな人生、どんな男性が女の幸せに通じるのかは決めかねる。自分の場合は形こそ満たされたが、内実は満たされなかった。逆のようだが由紀は幸せそうだ。義理とは言え母親として逡巡する日々だった。

そんなときに由紀に縁談話が持ち込まれた。それも悪い話ではない。由紀の幸せを考えるとき、才野木さんには悪いけれど、やはり結婚させた方が良いと判断した。そして知っての通りの経緯がある。

自分の結婚は形ばかりだったが、由紀の縁談の相手は間違いのない家筋であるだけでなく、当人の人柄も問題ない。念のために躰の診断書まで取った。もちろん問題はなかった。

そして二人はいまヨーロッパにいる。手紙に書いた通りハネムーンベイビーができることは間違いないと思う。由紀にそのつもりはまだなかったが、相手の家が早い孫を望んでいたこともあって、青年にはハネムーンベイビーを期待している、と強く耳打ちしておいた。由紀にとっては不本意であっても、妊娠は間違いないと思う――

よし乃はここまで話し終えると、「ごめんなさい」と頭を垂れた。才野木に何も言うことはなかった。更によし乃の告白は続いた。

――振り返れば、自分の女としての人生は、あがきながら生きてきた人生だった。残されているこれからの人生で、三度目の出会いやもちろん結婚などは、到底のこと考えられない。残っている人生は萎れて終わっていくだけだ。

正直に言えば女としては侘しく、哀しい。せめて心に淀んでいるものを溶かしてその空白を埋め、女としての人生を花ひらかせておきたい。遅蒔きながらも燃えるような恋をして、思いっきり、心の性も躰の性も納得させておきたい。強くそう思った。

由紀と結婚について話し合ったとき、由紀もこの私の気持ちはよく分かってくれた。だから遊びのつもりでいい。無責任でいい。面と向き合って四十五歳になるまでの三年間を、大人としてつき合って欲しい。

四十五歳を過ぎれば躰は衰えていく一方だ。そんな斜陽の躰でお付き合いをしたいとは思わない。そのタイミングは自分で決めたい。そしてきれいにお別れしたい。お願いします、三年間だけ、三年間だけ、わたくしに青春をちょうだい――

何という告白だろう。才野木は切なさに苦しくなった。よし乃の躰の魅力に取り憑かれただけでなく、才野木はよし乃の心の悶えにも取り憑かれたのだった。

「青春と言ったけど、残春とかに言い換えた方がいいかしら……」と、よし乃は羞恥の紅を浮かべて追いかけるように言葉を添えた。

才野木は何も言わずに、よし乃の唇を求めた。長い口づけだった。濡れた舌は涙の味がした。

十二

二月に入って、由紀から才野木の携帯に電話が入った。ヨーロッパから帰ってきたのだろう、聞いていたタイミングと一致した。

才野木は、よし乃との濃密な夜を過ごしたことで由紀とのことには気持ちの区切りをつけたつもりだったのに、声を聞いた途端に抑えようもなく心がさざめいた。だが由紀の結婚への道をいまさら塞ぐつもりはなかったから、理由をつけて時期をずらし、二月の終わりに逢った。よし乃との約束でもある。

その日、由紀は時間より早く来てホテルのティーラウンジで待っていた。今にも泣き出しそうな顔をしている。重いものを抱えている——明らかにそんな表情だった。

「ヨシさん……おひさしぶり」

「ああ、久しぶりだね。元気だった？　パリは、どうだった？」才野木は気持ちを抑えてありきたりの言葉で応えた。由紀は黙ってうつむいている。

「どうしたの？」

淀んだ沈黙を追い払うように、そのときコーヒーがきた。由紀はしばし無言でカップを傾けていたのだったが、やがて重い口を開いた。

「ヨシさん、ごめんなさい、わたし……」やっと絞り出した声である。

由紀が何を言おうとしているのか察しはついている。いまとなっては優しく聞きとめて、由紀の心を解き放してやりたいとも思っている。才野木は落ち着きを繕い、コーヒーカップを手に持った。

由紀はじっと才野木の目を見ている。思い切って大事なことを言うつもりだ、才野木が聞く構えができるのを待っている——そんな表情である。才野木がカップを置くと同時に由紀が口を開いた。

「ヨシさん、ごめんなさい、わたし」由紀は同じ言葉を繰り返して、「わたし、ほんとうは……、ほんとうは、彼とパリに……」と口火を切ってから、後は一気に話し切った。

一カ月に及んだ旅行については、彼との間でもハッキリとした打ち合わせができていなかったらしかった。

ハネムーンなのに二人の間で細部に渡って打ち合わせが行われていなかったことには怪訝が残るが、由紀には安心できる人間との関係では曖昧な中でも身を投じていくところがある。それは才野木との関係でも同じことが言える。相手の都合も、相手の父親の都合もあることから、ある程度は成り行きに任せることにしていたのだろう。

由紀からすれば「彼と同伴だった」「それも一カ月に及ぶハネムーンだった」ということ自体が、才野木を完全に騙した形になっている。少し嘘を言ったつもりが大きく嘘を言った結果になっている。

由紀は騙すつもりはなかったと言いたいことよりも、才野木を傷つけたに違いないと心に病んでいるようだった。由紀は経緯を話し終えると、赤く染まった目を伏せて黙り込んだ。

由紀のそんな切羽詰まった表情が、逆に海外旅行中の二人の夜を想像させ、才野木は頭に黒い翳りの湿った嫉妬が限りなく広がっていくのを避けることができなかった。離れていく由紀をさらりと再認識しようと思っていたのに、胸が激しくささくれ立って血が逆流した。

才野木は冷めたコーヒーを一気に飲んだ。

「……ヨシさん」

由紀に問いかけられても言葉が出ず、才野木はタバコに火をつけて大きく吸って大きく吐いた。

「ねえ、もう、わたしをキライになった？　ねぇ、ヨシさん」

この頃になって才野木は、由紀が自分のことを「わたくし」と呼んでいたのに、「わたし」と呼ぶようになっていることに気がついた。彼との時間で培われたのに違いない。

「ねぇ、ヨシさん……何か言って。もうこうして、わたしと一緒にいるのも、イヤ？」そう言うと、由紀は大粒の涙をポロポロと落とした。

それほど気に病んでそれほど涙を流すくらいなら、なぜ彼と海外に行ったのだと才野木が思うのも理屈の合わないことだった。また、それほど嫉妬するのならなぜ結婚に同意したのか、と心のどこかで自分を責めてもいた。

「そんなことはない」

「本当？　じゃあ、……今日は一緒にお泊まりさせて」

由紀にとっては、いまや才野木と一緒にいることすら、彼に対しては背信行為である。それなのに泊まりたいという。由紀の心の奥の迷いや葛藤を思うと才野木に切なく沁みてくるものがある。いかに結婚の条件だったとはいえ、方向転換をさせたのは罪ではなかったか。

「……、由紀」

由紀が顔を上げた。目はまだ赤く焼けて涙を溜めている。

「結婚前だぞ。そんなことはさせられない」

「キライになったのでなければ、おねがい、そうさせて」

「……いいのか？　ほんとうに……いいのか？」

才野木は、そんなことをさせてはならない、ダメだ、と思いながらも完全には拒絶できずにいた。本当にそうしたいのか？　本当にそんなことをしてもいいのか？　と、逆に由紀に問いただしていた。

「……、ええ、いいの」

由紀は、心は決まっているの、そんな目で才野木を見つめ返した。

才野木の心は嫉妬と葛藤しながらも、一方で良識と倫理の確かな輪郭を持っていたのに、いつの間にかその輪郭は崩れていこうとしていた。それればかりか、奥の奥に潜んでいた欲情に小さな火が点いてしまったのだった。その火は瞬く間に才野木を支配した。エゴイスティックな熱風が一気に才野木を飲み込んでいった。

才野木はフロントに足を運んだ。部屋は取れた。

レジで目配せをする才野木を認めて、由紀も席を立つ。二人並んで出た。由紀は恋人同士のように才野木の腕を掴んで歩いた。由紀の友達や彼の目に触れることはないかと警戒したが、そんな気配はなかった。エレベーターは駆け上っていく。


部屋のドアのロックを後ろ手で掛けながら、才野木は由紀の腰を抱いた。柔らかな肉感が才野木の欲情に輪をかけていく。だがまだ残っていた倫理の責めからか、結婚を控えた由紀ではなく、まったく別の女だと思おうとする、これまた別の才野木がいた。

だが由紀を別の女と思うことなどできるはずもない。才野木は、離れて行きながらも舞い戻ってきている由紀の躰とその心情とを、抱きしめたのだった。唇の柔らかさも息づかいもいままでと同じだ。変わらない。

「由紀、シャワーを使うか？」

「……あたし後から」

「……ん」頷いて、才野木はバスルームに消えた。

戻ってみると、脱ぎ捨てたネクタイもワイシャツも、ズボンも下着も、全てが片付けられている。由紀は変わっていない、まだ俺の女だ——才野木の自我はそう思った。

代わって由紀がバスルームに立った。

才野木はバスローブのままベッドに横になってタバコに火を点けた。灯りを絞って二本目のタバコをくゆらせているところへ、たたんだ衣服を小脇に抱えた由紀がバスローブ姿で戻ってきた。

由紀はそばにきて軽い口付けをした。濡れて垂れた前髪が才野木の額を撫でた。由紀はバスローブに手を差し入れて才野木の胸を撫ぜ、硬い乳首を転がしながら言った。

「よかった。……部屋に入れてくれて」

「部屋はとってなかったんだよ」

「ええ、分かってる。……部屋をとって、こうして入れてくれて」

そんな由紀に才野木が訊いた。今更この場面で、何故にこんなことを訊くのか、才野木自身も自分で自分の心が分からない。無意識の内に自分の位置を自分に納得させたかったのかも知れない。

「由紀、彼は、いい人かい？」

「……ええ」消え入りそうな声が答えた。

「はっきりと、答えて欲しい」

「分かったわ」

「彼は、いい人かい？」才野木はもう一度、訊いた。

「ええ」今度は由紀もはっきりと答えた。

「好きか？」更に才野木が訊いた。

「本当はまだ、好きというところまでは、いっていないの。でもキライではないの」

「……そうか。好きになれそうか？」「…………」

「どうした、正直じゃないな」

「ええ、結婚したらなりそう。勿論、ヨシのことも好きなのよ。ほんとうよ、ほんとう、なんだから……」

「どうして今日、泊まりたかったの？」

「何て言ったらいいのか分からない。……わたし、ヨシのこと、本当に好きなの。それに約束でしょ、結婚しても付き合うって」

「俺とのこと、彼に話したのか？」

「ううん、話してない。早稲田の男の子のことは話したけど。一緒に日帰り旅行をしたりしていた彼はいたけど、もうずいぶん前に別れましたって……」

由紀は、心の奥の陰の部分に秘密のゾーンを持っていて、才野木の居場所を残しているのだった。その心もいじらしい。しかし翻って考えればその自分の立ち位置もみすぼらしい以外の何ものでもない。才野木の頭で複雑な思いが縺れ合いながら交錯した。

ここにきて、才野木の気持ちが大きく揺れてきたのだった。それは結婚相手に対する良心からではない。由紀が歩く道に由紀が落ち込むかもしれない穴を残すことになるかもしれない、という直感が頭をかすめたからだった。才野木は欲情が冷めていくのが自分でも分かった。やはり悲しい思いをさせてでも拒絶するべきだった。自分から拒絶してやるべきだった。

「……由紀、やはりやめておこう。……やはり、……抱けない」

驚いたように由紀は才野木の目をじっと見た。

「どうしてなの？　怒ったの？　それとも、もう、わたしのことをキライになったの？」

「そうじゃない。いまも好きだ。だが婚約をした由紀を抱くことは婚約者に対してこの上なく非礼なことだと思う。それに由紀の心の中に婚約者に対する負を残してしまうような気がする。由紀をそんな目に合わせたいとは思わない。心の負を押さえ込んで平気な由紀にはしたくない。辛いが……立場をわきまえなければならないと思う……」

由紀は才野木の言葉を黙って聞いていたが、その目尻から涙が筋をひいた。

「ヨシは辛くないの？　わたしと完全に別れられるの？　我慢できるの？」

辛くないのかというのは理解できた。我慢できるのかという言葉は意外だった。才野木を思いやる優しさのように思えたのだ。

才野木はそんな由紀に対して、いまさらに形ばかりの倫理を吐く自分、よし乃とのことに口をつぐんでいる自分、が偽善者のように思われてきた。由紀にはよし乃とのことを話しておくべきではないか。この際、由紀には嘘も誤魔化しも残すべきではない。

「……他の女を抱いたら、……イヤ、かい？」

「当たりまえでしょ！　イヤよ」

「でもそれじゃ、俺がかわいそうだろう」

由紀は何かを考えていた。おそらく本意からではなかったのだろう、細い声で訊いた。

「お母さまとのことどうなったの？　ヨシはお母さまのこと、……キライ？」

「キライじゃない。魅力的な人だ。お母さまだったら由紀はいいのかい？」

「……我慢できる、と思うの。お母さまのことも安心だし」

由紀には人を嵌めたり駆け引きをしたりといった感性はない。よし乃とのことはやはり正直に話しておくべきだ。その関係は由紀が知っているレベルでは既にない。

「由紀、許して欲しいが、……正直に言うと、お母さまと逢った」

「えっ、なんて言ったの？」

「怒らないでくれ。お母さまと逢った。お母さまを抱いた」

由紀は瞬きもせずに、じっと才野木の目を見つめていたが、いきなり拳で才野木の胸を激しく叩き続けた。才野木はじっと耐えた。大粒の涙が才野木の胸にぽたぽたと落ちた。胸に硬い何かが詰まる。よし乃が由紀には何も話していないことが知れる。

やがて由紀の動揺は治まったが、才野木は沈黙していた。そんな才野木に由紀はいきなり烈しく口づけをした。何も言わずに才野木もそれを受けた。長い口づけだった。

由紀は大きな溜息をついてから、小さいがハッキリした声で訊いた。

「ヨシ、お母さまとのこと許してあげる。お母さまは、どうだった？　好きになった？」

「…………」

「話せないの？　ごまかさないで。ちゃんと知りたいの」

才野木はサイドテーブルのタバコを取った。一本抜き取って火を点けた。思い切り吸い込んで、思い切り吐き出してから由紀を見た。由紀の表情はごまかせる表情ではない。薄明かりの中でも分かる強い眼差しだ。

「……いい人だ」

「いい人って？　性格がいいってこと？　女性としては？」

「…………」

「ヨシ、ごまかさないで、本当のことを教えて」

「……いい女だと思う」

「どう言う意味で？　ちゃんと、教えて」

　ここまでくればごまかしても仕方がない。才野木は、母親の人間性も、女性としての性格も好きになったことを告白した。

「お母さまは、本当のお母さままではないの。わたしの叔母さまなの」

「ん、お母さまから聞いている」

「……そう、でも、わたしにとっては本当のお母さまなの。ヨシ、……お母さまの躰はどうだった？　よかった？」

「……ん」

「ねぇ、どういう風に良かったの？　教えて……おねがい」

　もとよりこの種の質問は誰からも受けたことがない。そればかりではない。訊いているのは由紀なのだ。しかも母親の躰についてなのである。

　才野木は困惑した。もう一本タバコを点けると、何度もゆっくり白い煙を吐きながら考えた。そして、由紀には全てを正直に話すべきだと思った。

　才野木は、由紀の躰に惚れてきたことは勿論だが、よし乃の躰にも惚れてしまったと正直に告白したのである。また、母と娘だから似ていて不思議はないと思ってはいたが、叔母と姪の間でもこれほどに似るものなのかと驚いていること、若々しい魅力と、熟した魅力、それはいずれもが代えがたい魅力であること、そして二人が持っている躰の特質に完全に惚れてしまっていることまで正直に告白したのだった。

由紀は黙って聞いていた。瞳の奥で、寂しさや、納得や、安堵や、嫉妬やらが入り混じって尾を引き、翳をなし、そして流れた。

よし乃とのことは由紀がそれを勧めもしたのだったが、告白を聞いた心はやはり激しく葛藤しているのだった。由紀と婚約者とのことについて才野木が葛藤すると同じように、由紀もまた納得していたことではあるのだが葛藤し、揺れていた。

しばししして、由紀の激しい声が才野木の耳を刺した。

「抱いて！　由紀、抱いて欲しい！　ヨシ、由紀を抱いて欲しい！」

叫ぶかのように訴え、大きく息を吸い込み、それを吐き出してからさらに言った。

「ヨシ、お母さまとのことは許してあげる。……だから、わたしを抱いて！」

才野木に理屈を超える衝動が突きあげた。心を寄せるいじらしい女をほっておけない衝動である。

「……、いいのか？」

「ええ、ヨシと、わたしだけの秘密にして」

由紀も本当は心の奥で背信と闘っていたのだろう。のたうっていたのだが、最後の倫理が一気に崩れたに違いなかった。由紀は才野木のバスローブの襟をつかんで、泣きながらしがみついた。

才野木の衝動と倫理のバランスもまた一気に崩れていった。堰の切れた水は一気に流れ落ちていく。才野木の衝動は一気に由紀の躰になだれ込んでいったのだった。

由紀の躰はいままでと変わらなかった。だが何かが違う。それは、よし乃とのことを知った心が叫んでいることだった。由紀の躰はその叫びを飲み込むかのようにして、しかし優しい納得を見せながら、昇っては絶頂を越え、また昇っては絶頂を越えて溶けていった。


静寂が訪れてから、添い寝をしていた由紀が呟いた。

「由紀……やっぱり、ヨシと別れることはできない」

才野木に言葉はなかった。混濁した沈黙が淀んだ。

「約束どおりこれからも逢って欲しいの。結婚はします。生活もちゃんとします。だから約束どおりに……」

「結婚をしてからは不倫になる。……背信になる」

「分かってる。……だから二人だけの秘密にして」

「お母さまにも、秘密にするのか？」

「ええ」

「無理だろう」

「できるわ。……お願い、ヨシもそうして」

「無理だ！」才野木は強い言葉で言った。

「できるわ！」由紀はそれ以上に強い言葉で言い返した。

「お母さまは『ボクに逢いたい』と言うだろう。それでもか？」

「ええ、お母さまとお逢いになることは許してあげる。むしろ……そうして欲しいの」

「由紀とのことを知ったら、お母さまは『もう逢えない』と言うかも知れない」

「駄目、だから由紀とのことは、絶対に秘密にして」

「そんなことをしたら、俺は極悪人だ」

「でも、由紀の結婚は、それが条件だったでしょう？」

「それはそうだが、お母さまとの間でも、完全な結婚をさせるという約束がある」

「由紀が条件をつけていても、結婚をして子供を産めば、いい母親になる。そうすれば条件も消えて、貞淑な奥さまになるということでしょう？　お母さまの気持ちや、考えは、由紀にも分かっていたわ。由紀もそうなるかも、とは思っていたの。でもやはり駄目……ヨシには逢いたい」

「お母さまと由紀との、三角関係になる」

「イヤ？」

「イヤとか何とか、そういう問題じゃないよ」

「お母さまを傷つけちゃ駄目、絶対に内緒でなきゃ」

（……由紀は、よし乃を本当の母親以上に思ってきた。だからその説諭を理解して結婚へと方向を踏みかえた。そしていまでは結婚という新しい道を歩く心も輪郭をなしつつある。

その一方で由紀は、母親の才野木への気持ちを理解して、二人が付き合うようにも仕向けてきた。だが具体的な事実を知るに及んでは反射的に動揺した。しかしいまは冷静に、その関係をも受け入れようとしている。

だが女としては、才野木との関係においては母親を超える位置でいたいのかも知れなかった。考えてみれば、それは由紀だけではなく、よし乃もまたそうかも知れない。心は母親の心を超えているのかも知れなかった。二人の心情を想えば、何ともいじらしく哀しい。すべては自分に起因する……）

才野木の頭の中で、混乱がいくつもの渦を巻いた。二人の女の間で揺れる真情、芯のない自分、それへの嫌悪――に整理をつけることが難しい。やはりできないのだった。

酒が欲しい。酒の酔いが欲しい――才野木は起きだしてルームサービスにワインをオーダーした。

酔いが回ってきたころ、由紀はよし乃に電話をかけた。才野木と一緒にいること、今日は泊まること、いま乾杯していること、お母さまのことを聞いたこと、心配しないでということ、そんな内容の正直な話し振りだった。そして最後に、「お母さま、良かったわね」と言った。

よし乃が何と応えたのか、由紀は細い声で優しく笑った。由紀が受話器を差し出す。才野木の耳によし乃の声が届いた。

「何でも話しちゃイヤですよ。それ以上は由紀に何もおっしゃらないで下さいまし。お目にかかりたいので、改めて、お電話を下さいまし」

才野木の心は緊張した。この電話は由紀と夜を過ごしている部屋からかけている電話なのである。それなのに、よし乃の言葉には才野木を責める言葉の片鱗もない。しかしその物言いには深い苦悩が滲み出ていた。才野木の頭は更に混乱した。

よし乃は「二月の終わりになってから、由紀に逢ってやってくれ」と言っていた。逢えば必ず関係することになると予想もしていたのだろう。

それを思えば、才野木は頭が打ち砕かれていくような気がした。気がつくと由紀が窺うように才野木の顔を見つめていた。

＊

翌朝、目覚めても才野木は朦朧としていた。酒が過ぎたのだ。

頭痛が激しい。気分も悪い。三半規管が狂ったのか天井がゆっくりと回っている。とても起き上がれる状態ではなかった。部屋を見回しても由紀の姿はない。一枚のメモがテーブルに置かれてある。

ヨシさんへ
私も大人になります。結婚して幸せになります。でもヨシさんと縁が切れた訳ではないので、逢いたい時にはお逢いするつもり。
お母さまのこと優しくして差しあげてね。ほんとうよ。これは正直な気持ちです。ヨシさん、本当にありがとう。夕べのことも固く鍵を締めて私の心に大事にしまっておこうと思います。
由紀

思えば今回、由紀は才野木の子供を産むとは一言も口にしなかった。メモにもそれらしい言葉はない。口にするタイミングを失ったのか？　それとも、その思いは消えたのか？

時計を見るともう昼前だった。由紀は何時に帰ったのか？　どうして黙って消えたのか？

頭痛はまだひどい。吐き気もする。才野木は水を一杯飲んでまたベッドに潜り込んだ。

どのくらいの時間が経ったのか、夢を見ていた。誰かに口づけをされている夢である。柔らかく温かい。夢でも温かさを感じるとは……。才野木はトロトロと夢の世界にさ迷った。

息苦しくて目が覚めた。驚いた。女がいた。

「お具合はいかがですか？」

視界が鮮明になって、よし乃だと分かった。どうしてよし乃がここにいるのか？

「由紀から、心配だから行け、という電話がありましたの」

やっと飲み込めた。昨夜は自分自身に嫌悪して、呑まずにいられなかったのだった。酔いに乗ってワインを追加注文したまでは覚えているが、それ以降の記憶がない。由紀はそんな才野木を心配したのだろう。いや、よし乃を寄越したかったのかも知れない。

二本の空き瓶と、殆どが空のボトルが一本の、合わせて三本のボトルがテーブルに立っている。空き瓶を見て新たに才野木に吐き気がもよおしてきた。

よし乃は、もう一泊する、とフロントに連絡を入れ、甲斐甲斐しくそんな才野木の面倒を看た。結果的に由紀とよし乃が入れ替わった形である。

才野木の二日酔いはまだ収まらない。夕方になってからやっと回復の兆しを見せた。よし乃がそんな才野木に訊いた。

「ご一緒しましょうか？　それとも、お独りでゆっくりなさいますか？」

才野木は無言でよし乃の袖を引いた。

◇

数日後のことだった。よし乃からの電話で、才野木は由紀が妊娠していることを知らされた。

よし乃の言ったとおりだった。パリ旅行の折に妊娠したらしい。そうだとすれば東京で由紀を抱いたときには既に妊娠していたことになる。追いかけるようにして由紀から一通の手紙が手元に届いた。

ヨシさんへ
お元気でしょうか。東京では黙って帰ってごめんなさい。その後のことは、お母さまからお聞きしました。お母さまのことよろしくお願いします。

今日はヨシさんに報告しておかなければならないことがあって、お手紙することにしました。思いがけず、わたしに赤ちゃんができたみたいなの。言うまでもなく彼の子供です。東京でヨシさんに逢ったときには、躰の変調にも気がついていました。でもハッキリしなかったのでヨシさんには何も言わないでおきました。ごめんなさい。

結婚前でもあるし中絶も考えましたが、周りが反対するし、わたしも何だかまだ実感はありませんがおなかの命が大事に思えてきています。おなかに命が宿ると躰も気持ちも母親になる為の準備をするのかしら、変わってきたように思います。

ヨシさんに対する思いと、おなかの命に対する思いと、いま整理して説明できないのだけれど……。ヨシさん祝福してくださるかしら？　とりあえず今日は報告だけにとどめます。

近い内にまたお目にかかりたいと思います。

由紀

用件だけの手紙だった。由紀にすれば他に書くこともなかっただろう。

追いかけるようにして、よし乃から電話が入った。由紀の結婚式に出席してもらえるかという電話だった。よし乃には才野木を由紀の結婚式に出席させることで一つの結末を形作る意図があったのかも知れない。また、本心は測れないが由紀も望んでいるということだった。だがこればかりは才野木も固く辞退した。

晴れ晴れとしないもやもやとした頭の中で、輪郭を持たないいくつかの事柄が複雑に交錯しながら、才野木を支配する日々が続いた。そして結婚式当日が訪れた。

当日は東京も大阪も雲一点ない快晴だった。おそらく式典は官僚の世界らしく形式に形式を重ねて、晴れ晴れしく挙行されたことだろう。

才野木は書斎にこもって、日がな一日、ぼんやりと過ごした。何も手につかない。昼の内からブランデーを舐め、酔いきれない瞳で西の空に沈んでいく夕陽を眺め、色もなく流れていく時間を独り見送ったのだった。

十三

結婚式の数日後、才野木の携帯によし乃から電話が入った。明日、京都に行きたいが都合はどうだろうかという電話だった。心には空虚な隙間が限りなく広がっている。才野木は、よし乃の声を聞いて無性に逢いたくなった。よし乃の声は今の心境からの逃げどころのような気がした。

よし乃は静かな所がいいと言う。才野木が『嵐山山荘』はどうかと訊いた。よし乃にこだわりはないらしかった。

*

四月に入った桂川は新緑の季節の近いことを思わせた。風は心地良く、渡月橋辺りでは舟遊びに興じる若者までがいた。気の早い家では鯉のぼりを上げているところもある。

才野木は山荘の船着場にある専用の駐車場に車を停めて、渡月橋を戻り、その袂にある茶店に入った。名物の桜餅とおうすをいただきながら川面を渡る風の音を聞いていた。空気は澄んでいて、渡る風がさまざまな音を聞かせてくれる。

と、茶店の前に一台のタクシーが止まった。よし乃だった。きりりと髪を結い上げ、帯を引き締めた和服の姿はいつもながら凛としている。

そのとき、通りすがりの二人の男が前と後ろで同時に、よし乃を見返った。その前後対照の様がいかにも滑稽で才野木の口元が思わずゆるんだ。

才野木が入り口に出て声をかける。時間はまだ早い。よし乃も掛けて桜餅とおうすを頼んだ。注文を受けてくれた作務衣姿の老婆が年季の入った椅子や机と釣り合って妙に情景を濃くした。

よし乃は茶店の中を見回し、次いで川面に目をやって呟いた。

「……いい感じね、京都らしくって……。お天気もいいし、とても爽やか。お独りでどうしていらしたのです？」

「ん、風の音を聞いていた」

「風の音、ですか？　どんな音ですの？」

「よし乃の音とか、由紀の音とか、色々だ」

「えっ？　わたくしの音とか、由紀の音ですか？」

「ん……」

「？　……」よし乃は怪訝そうな表情を残したまま、茶碗を傾けた。

しばらくして、遠くから〈鳥と一緒に帰りましょ〉が聞こえてきた。二人は連れ立って店を出た。

渡月橋を渡って船着場に下りると、丁度、専用の渡し船が迎えにきたところだった。「いらっしゃいまし」船頭が太い声で迎えた。

船はゆっくりと川上へ上っていく。岸のもみじの枝には柔らかな新緑が吹き出している。

間もなく鮎の季節である。塩焼きの皿にこの新緑が添えられることだろう。船は十分ほどで山荘専用の船着場に着いた。

部屋からも新緑の芽吹きがよく窺えた。岩場の渓流はいつもと変わらない。

「まぁ！　こんなに落ち着いた所だったのね……」感慨深そうに、よし乃の口から感嘆の声が漏れた。

よし乃との初めての対面は大阪梅田のシティホテルだった。そして二度目の対面が此処『嵐山山荘』だった。よし乃はそのとき、由紀との交際を絶ってくれと才野木の胸に果物包丁を突きつけ、自分の躰を投げ出して大立ち回りを演じたものだった。

あのときは緊張感からこの風情も目に入らなかったのだろう。今日の心は凪いでいる。季節に染まった旅荘が新鮮に受け止められたようだった。才野木にもあの組み伏せられた夜のことが、奇妙な懐かしさをもって思い出されてきた。あの夜のよし乃には奇奇たる妖艶さがあった。そして金縛りにかけられた……。

よし乃は茶を淹れた仲居が引くのを待って、下座に正座しなおすと、上座の才野木と面対する位置で丁寧に手をついてから言った。

「色々と、ありがとうございました。由紀の結婚式も無事終わりました。その日から先方のお家に移っております。わたくしもご挨拶やら何やら落ち着かない日々でしたが、もう片付きました。

由紀に初孫ができたと聞いて先方のご両親もことの外お喜びで、誕生が待ち遠しい様子でした。

……才野木さんには苦しい思いをさせましたが、わたくしもこれで肩の荷が下りました」

よし乃は言い終わっても、じっと手をついたままだった。

この折り目正しさは、よし乃という女がもつ大人の美しさではあったが、いまは他人行儀な印象を与え、才野木に大きく変わった現実を殊更に意識させるものだった。

才野木は窓際に立って渓流に視線を泳がせながらタバコに火を点けた。二度ほど煙を吐き出して振り返っても、よし乃はまだそのままだった。

「よし乃、どうした?」

「ごめんなさい……お辛かったでしょう」

「…………」

「才野木さんでなければ……」そう言って息を詰まらせ、「由紀の結婚はならなかったかも知れません。それだけに、わたくし……」更に息を継いで、「許してくださいまし」と言った。

才野木は茶化すしかなかった。あえて冗談気に言葉を返した。

「その代わり、埋め合わせて、……くれるのかな？」

「……、ええ」よし乃は見上げるようにして答えた。唇が少し震えている。才野木はいきなり顔を近づけてその唇を奪った。

（……よし乃の仕掛けは別にして、自分は由紀の為にも身を引くべき立場だったのだ。自分の欲望のエゴが、由紀を破倫に引き込んで複雑な事態を引き起こしていた。そのことはよく分かっている……）

山荘の夕食には、朝掘りの筍や、季節の山菜が彩を添えている。

冷房も暖房も要らない暮れかけた部屋での、石にあたって砕かれる渓流の囁きを耳にしながらとる会席料理はことのほか落ち着いた。

「……落ち着けて、とてもいい感じね」

とてもいい感じ――初めてきたとき由紀も同じことを言った。二人は同じ言葉で同じことを言う。才野木の心が左右に動いた。

よし乃は冴えていた。才野木の心の動きを読み取ったらしい。

「こちらには、由紀も連れてきていただいたのかしら？」

「どうして？」

「才野木さんはお顔がとても正直なので……。お連れいただいたのでしょう？」

「まずかったかな、他に落ちついた所を思いつかなかったので」

「かまいませんの、わたくし、身代わりですもの」

「…………」

「お顔の正直な才野木さん、他のこともお訊きしたら、正直に話して下さるかしら？」

「なに？　どんなこと？」

よし乃は自分から問いかけておきながら口ごもり、ややおいてから窺うように訊いた。

「由紀の、……どこに惚れてらしたの？」

「…………」

「まぁ、珍しいお菜！　なんて綺麗にできているのでしょう」

才野木の沈黙を見て、よし乃は箸を動かしながら、料理に話題を変えて場持ちの言葉をつないだ。

今さら工作は要らない。才野木は正直に由紀の此処に惚れたと本音を吐露した。よし乃はそれを黙って聞いていた。

「才野木さん、誤解しないで下さいましね」

「なに？」

「由紀には無くて、わたくしにある魅力って、あるかしら？」

「あたりまえだ、ある」

「どんなこと？　どんなところかしら？　教えてくださいまし」突き込むような訊き方だった。

いまさらよし乃に上手をいう必要はない。いまや何でも正直で在りたい。だから裸で対すればいいのだ。才野木は雄弁になれた。

――よし乃と由紀とには、歴然とした年齢の違いからくる熟し度の違いがあって、それぞれに違った色相がある。それは良し悪しとか、上下とかいうものではない。

それに二人の躰は、同質にしてすばらしい特質をもっている。同質だから全く同じかと言えば、やはり同じではない。それはどちらも代えがたいものだ。由紀の特質も同じ歳格好になれば、よし乃のいまの特質と同じように成熟するに違いないと思う、等々――

淫靡で卑猥な空気が漂うことにはなったのだが、才野木は由紀の魅力を認めつつ、よし乃の魅力についても実感していることを包み隠さず正直に言葉にしたのだった。

よし乃の目に血が流れるのが分かった。自覚が生んだ興奮とも見えるし、心に生まれた安堵の感激とも見えた。よし乃に女が漂い、情念が漂った。

「よし乃とは、おかしなところから始まった、おかしな関係だが……」

よし乃の顔が染まった。最初の夜のいきさつを考えれば当然だった。

「よし乃との関係を、いい意味で熟成させたいのだが……」

「ええ、……わたくしも、ですの」

凪いだ空間で大人の真情が正直に相対したと言っていい。箱根で過ごした夜とはまた異なる素の心情だった。

渓流の水の音は変わらないはずなのに、いまは砕かれ身悶えながら流れているような、切ない音に聞こえた。夕食の会席料理は舌に何層もの味わいを残した。

湯も終えている。地酒も用意されている。静寂に明るい灯は似合わない。

部屋の明かりを落とすと、行灯の仄明かりだけの空間が生まれた。時は二人を無辺の境地にいざなっていく。漂い入る山の気の中で、渓流の囁きを聞きながら、甘く辛い味がする地酒を傾けた。

生きる人間はみな不確かな存在だが、いまある確かなものとして才野木はよし乃を、よし乃は才野木を意識した。

で果てない。

「……よし乃」

「……、ええ」

これだけで意は通じる。よし乃は才野木を夜具にいざなった。仄明かりの中の気は揺らい

＊

翌朝、才野木は実に爽やかに目覚めた。空も快晴である。鳥のさえずりが耳に優しい。開け放った窓からは爽やかな四月の風が流れ込んでくる。

よし乃は身支度を済ませて化粧も終えていた。表情はしっとりと冴えて明るい。才野木の目に、よし乃の茶を淹れる手元がはしゃいで見えた。

「……元気だね」

「あら、そうかしら」「ん、元気そうだ」

百舌かヒヨドリか、甲高い鳴き声が渓谷を渡って響いた。

「お仕事、……今日はお忙しいのかしら？」

「いや、そんなこともない」

「……お休み、できないかしら？」「構わないが……」

「本当ですか？　京都は二度目ですけれど、……あまり」

「知らない?」「……ええ」

「よし、遊ぼう。あちこちに行ってみようじゃないか」

よし乃の目が少女のように輝いた。よし乃は今青春をしているのだ。自分を相手に青春をしている、そう思うと才野木もまた青年に戻った気がした。

「今日も、泊まるか?」

「いいのですか?」

「構わないさ」

そのとき仲居が入ってきた。「もう一泊したいのだが、部屋はどうだろうか」と尋ねる才野木に、仲居は「承知いたしました。大丈夫でございます」と即座に応諾した。予約状況も部屋割りも把握しているのだろう。「でしたら、同じこのお部屋に致しましょう、一番端で静かですから」と付け加えて言った。

朝食を済ませた二人は早々に山荘を出た。

古都には爽やかな四月の気が溢れている。よし乃には熟れた色香が滴っている。それらは、まだ消えずにある由紀に対する心情を横において、才野木に熟れて爽やかなときめきをもたらした。

嵐山から嵯峨野を回り、大河内山荘を回って、常寂光寺を訪ねた。よし乃は常寂光寺に最もよく似合った。石段を踏む度にひらめく裾は、熟れた女の気高ささえ感じさせた。山門の寺額を見上げたとき、よし乃は古寺の歴史に溶けて一つになった。歴史の絵に生きている女だった。

落柿舎を回り清水寺から三十三間堂を回ったら夕方になった。山荘に戻る頃にはもう薄い帳が下りてきていた。

夕食を済ませてから、部屋付きの檜風呂を使った。

灯は全て落としている。湯船には闇の明るさしかない。その闇の明るさの中で、湯の気は開け放った窓から流れ込んでくる山の気と、囁き合うように優しく溶け合っていた。

よし乃はその湯の中で、才野木が白く求めれば白く応じ、赤く求めれば赤く応じた。裸身は何度も湯を蹴った。

嵐山山荘での才野木とよし乃の揺らめく夜は、深く、濃く、果てしなく、静かに更けていったのだった。

十四

年がかわった早々である。

年の瀬の十二月に、由紀が女の子を産んだと、よし乃が知らせてきた。母子ともに健康だということだった。

才野木は、当たり前のことが現実に訪れたという思いと、ぴたりとはこない不自然な思いを、実はそのとき同時に感じたのだったが、心には許容できるゾーンもできていて穏やかに聞きとめることができた。

一月の終わりごろ、由紀から会社の才野木宛に手紙が届いた。久しぶりの手紙である。

ヨシさんへ

新年おめでとうございます。

いまごろ新年の挨拶なんて遅いかしら。母から聞いて下さっていると思うけれど、十二月二十五日の午後四時、女の子が生まれました。子供も私も元気です。彼も、お舅さんもお姑さんも、とても喜んでくれて大事に可愛がってくれています。私も母になり、妻になり、嫁になったと思います。私の一つの道が定まったと思っています。いまは、もう一つの道のことを考えています。約束をしてもらったように、ヨシさんの子供を産もうと考えています。出来れば男の子が欲しいな。ヨシさんにご迷惑になるようなことはしません。私がいま歩いている道に沿って、もう一つの道を持つつもりです。ヨシさんの子供を育てます。いまの生活も大事にしたいと思っています。二つの道を同時に歩いていくなんて欲張りでしょうか。そう思われても、私はどうしてもそうしたいのです。だって私の人生としては、ヨシさんとのことも真実なのですから……。約束してくれたのだから、断られるとは思っていません。二月か三月にお逢いしたいと思っています。

母には何も話しておりません。話すつもりもありません。ヨシさんも何も言わないで下さいね。子供をもらえたら、ヨシさんのことは徐々に薄めていこうと思っています。私も現実には、ヨシさんと逢い続けることは困難になっていくことでしょうから……。ヨシさんとの真実の証の道は、私の心の中だけの秘密の道にするつもりです。このことと、母とヨシさんとの事とは関係ありません。母は女としてはある意味で悲しい人生を歩いてきたのです。そのことはヨシさんもご存知の通りです。いま母は青春をしているように見えます。母は女としても魅力的だと私は思います。ヨシさんもきっとそう思ってらっしゃるんじゃありませんか。

母もヨシさんに迷惑を掛けることはありません。負担を掛けることもありません。安心して母の青春を助けてやってくださいね。そんな母の心を痛ませるつもりはありませんので繰り返しますが、きっと、このことは母には内密にお願いします。

母から聞いていますが、ヨシさんもお元気とのこと、安堵しています。くれぐれもお身体を大事にして下さいね。

由紀

追伸
気持ちは手紙に書いたとおりですが、少し恥ずかしさもあります。顔は変わってないように思うけれど、躰の方は子供を産んで少し変わっています。そのことが恥ずかしいのです。でも笑ったりがっかりしたりしないで下さいね。はっきり言っておいた方が気も楽なので書き添えました。

由紀の手紙は堂々と成長した女を感じさせた。そればかりではない。やはり才野木の子供を産むという道について確たる輪郭を描いていたのだった。

才野木の脳裏に、本線のレールの横に伏線のように補助レールが添うように延びている、映画か何かで見た気がする場景が浮かんできた。由紀の描く輪郭はそれに似ているように思った。

才野木は、由紀の一途な女心を一面では嬉しいとも思うのだが、いまでは由紀の人生を不幸にしてはならないという絶対的な倫理が強く頭を占めている。由紀のこの思いは、どこかの時点で、納得させて諦めさせせなければならなかった。それは由紀のためでもあり、よし乃に対する道義でもあった。

＊

追いかけるようにして、よし乃から才野木に電話が入った。

由紀は嫁ぎ先で産後の養生をしてきたのだが、舅もパリ駐在から帰国して同居が始まっている。舅にも姑にも気を遣う毎日のようだ。

亭主が半年ほど海外に赴任することもあって、しばらくはこちらに戻して養生させることにした。したがってしばらくは家を空けられないので、東京出張があれば宅の方に寄ってくれませんかという電話だった。

もちろん才野木はよし乃に他意があるとは思わなかったが、由紀が子供を産んで母になった事実を見せておきたいのかも知れない、とは思った。

由紀の入院騒ぎの折に岡崎家に立ち寄ったことがあった。そのときは重い空気に気圧されるようにして辞したものだった。いまはそのときとは状況は変わっている。変わってはいるのだが、よし乃と由紀の二人と同時に顔を合わせる自宅訪問には、才野木にはやはり強い躊躇があった。

だらだらと日が過ぎた。そうこうしている内にまた、よし乃からの電話が入った。デスクで打ち合わせをしている時である。

「いま、よろしいかしら?」

「申し訳ないが、打ち合わせ中なので、後ほど……」

才野木は一旦電話を切り、打ち合わせを終えてからかけた。電話に出たのは由紀だった。

「あら、ヨシさんお久しぶり」

「ああ、元気? いま、帰っているんだってね」

「ええ、そうなの。お母さまからお聞きになったのね。ところで……お手紙、読んでくださった?」

「……、ん」

「お母さまに御用だったの? いま、お買い物に出かけているの」

「そうか、それならいい。それより躰の方は順調かい?」

「ええ、それは大丈夫。何だか、ヨシさん冷たいんだ」

「え、なに？」

「ううん、なにも。お母さまはもう直ぐ戻ると思うから、お電話差し上げましょうか？」

「いや、いいんだ。……手紙のことだが、本気なのか？」

「冗談を言っている、とでも？」

「そう言う訳じゃないが……」

「本気よ。……ご迷惑？」

「………」

「ヨシさんはお元気？」沈黙から察したのだろう、由紀が矛先を変えてきた。

「ああ、元気だ」

「来月になれば、お出かけも少しはいいと思うの。色々お買い物もあるし、長い時間はまだ困るけれど、……お会いできる機会はないかしら？　ご出張の予定は？」

「あるには、あるが……」

「そう、決まったら電話もらえないかしら？　体調もあるし、お母さまに子供のことも頼まなくちゃいけないし……。そうそう、電話はわたくしの携帯にいただけるかしら」

「……分かった」

「お母さまには、ヨシさんにお逢いすることは言わないつもりなの」

「……分かった」

由紀は才野木の反応に少し不満そうだった。才野木も電話を切ってから、睦んできた過去を考えれば他に言いようもあったのではないかと後悔した。もとより由紀を嫌いになってい
た訳ではないのだから……。

その日、よし乃からの二度目の電話はなかった。翌日の午後になってよし乃から携帯に電話が入った。

「ごめんなさい。いま、いいかしら？」

「ああ、大丈夫だ」

「昨日はごめんなさい。お仕事中にお邪魔したみたいで」

「こっちこそ済まなかった。何か相談事でもあったのかな？」

「そうじゃありませんの。いつお寄りいただけるかと思って……、ご都合が悪いかしら？」

「いや、都合が悪いわけ訳じゃないんだが……」

「じゃ、是非お寄り下さいまし」

「……ん、……分かった」

才野木の躊躇いが消えていたわけではない。足を引きとめるものが、あるにはあった。だ

がいまとなっては、子供を産んだ由紀を祝福してやる男らしさも必要な気もした。

割り切って考えれば、岡崎家訪問もそれほど不自然なことでもないようにも思えてきたのだった。頑なに避けている印象も与えたくはなかった。

「いつごろになりますの？」

「そうだな、……連絡はどうすればいいのかな？」

「えっ？　お家にくだされば、わたくしか由紀か、必ずいますから」

「……、分かった。そうする」

「祥之さん、しばらく逢えないからって、変なことしちゃいやですよ」いつからか、よし乃は才野木のことを祥之さんと呼ぶようになっていた。

「変なことって？」

「お分かりでしょ、ホントにいやですよ。ちゃんと埋め合わせをして差し上げますから」

「……分かった」

数日後、出張予定を組んで電話をかけた。よし乃が出た。

「お待ちしています。ご馳走を作りましょう。由紀も懐かしがるでしょう」よし乃の屈託のない言葉だった。

◇

それから三日目の午後、才野木は岡崎家を訪問した。二月の寒い雨の日である。玄関で迎えてくれたのは由紀だった。

才野木は由紀の顔を見た途端に、ある情感に襲われて狼狽した。手紙の内容はともかくとして、由紀は結婚した由紀であり、母親になった由紀であり、いまでは距離も遠くなった由紀、であるはずだった。

ところが由紀を目の前にして、そういう意味での距離を一向に感じないのだった。いまなお肩を抱いたとしても、ごく自然に受け入れられるかのような印象さえ受ける。もう違うのだ。由紀はもう昔の由紀ではないのだ。と思いながらも、気持ちが彷徨してしまうのだった。才野木は狼狽し、そして戸惑った。そしてその戸惑いを必死で秘めなければならなかった。

まもなく、よし乃が追いかけるようにして出てきた。台所に立っていたらしくエプロン姿だった。そのよし乃に対しても才野木は狼狽した。今日のよし乃は母親としての立場である。当たり前のことだった。

よく分かっている。それはよく分かってはいるのだが、しかしいま才野木がよし乃から受ける印象は母親という観念には遠く、しんなりと熟れた一人の女なのだった。箱根で過ごした濃い夜が何度も才野木の頭をかすめて過ぎる。才野木はこの戸惑いを隠すことにも必死にならなければならなかった。

才野木は取り敢えず居間に通された。ところが吸う空気がしっくりこない。空気に馴染むことができないのだ。

出産祝いを手渡す所作もぎこちない。受ける由紀にも不自然さを感じる。よし乃が言葉を添えるのだが、それも取って付けたものに聞こえる。

「才野木さん、由紀の赤ちゃんを見てあげてくださいまし」よし乃が、祥之さんではなく才野木さんと呼んで言った。

由紀が案内した部屋のベビーベッドに赤子が寝ていた。才野木は由紀が本当に子供を産んだのだと実感した。実感はしたが感慨は湧いてはこなかった。どちらかといえば、霞の中にいるような輪郭のない妙な気分に襲われた。

そんな才野木の頰に横から密着した由紀が軽く唇をつけた。思いがけなかったが、久しぶりに由紀の匂いを感じて振り向いた唇を由紀の唇が待ち受けていた。軽い触れ方だったが、許し合ってきた頃を才野木に思い起こさせるに十分だった。

「可愛いいい赤ちゃんでしょう」声をかけながら、よし乃が入ってきた。そして「由紀にとても似ているでしょ」と言い足した。

似ているかどうか才野木には分からなかったが、わざと作った笑顔の視線を赤子から由紀に移し、そしてよし乃の顔に移した。

居間に戻ってコーヒーになった。雨が激しくなっていた。

よし乃も由紀も才野木のスケジュールを気にした。才野木の今回の上京は一応仕事にかこつけてはいるが、本当は大した予定がある訳ではなかった。それを正直に口にしたのがまずかった。

「じゃあ、泊まって、ゆっくりしていってくださいまし。このお天気だし……」と言ったよし乃の言葉に、由紀も即座に口を合わせたのである。

またまた思いがけない展開になった。歓迎してくれる好意は嬉しいが、この家に泊まることなどできるわけがない。才野木にとっては右も壁、左も壁の心境なのだ。

ところが躊躇っている才野木に代わって、由紀がさっさと才野木のホテルをキャンセルしてしまった。

（……才野木にとっては複雑怪奇とも言える現状だった。しかしそれに妥協して三人関係の一人の立場に立っているのも現状なのだった。

まず由紀は才野木の子を産むという思いを心に秘めている。よし乃もそのことは知っている。しかしよし乃は、才野木の子供を産むという由紀の話も、結婚して子供ができれば自然に消えていく話だと思っている。

また他方で、由紀は才野木とよし乃との交際を認めている。むしろ推奨していると言ってもいい。そのよし乃は二人には未だに思いが残っていると知りながら、才野木を相手に青春を始めている。

この三人のそれぞれの関わりを、成り行きから、才野木も受け入れてきている現実がある。しかし自分だけが気にしているのかも知れないが、自分に対するよし乃と由紀のあまりに拘りのなさすぎる態度が、才野木にはいかにも不自然に思われてならないのだった。全てが偽善に過ぎる気がする……）

夕食になった。

食卓に向き合っていても、才野木の心は落ち着きどころを見つけることができない。よし乃が注いでくれる酒は仙石楼や嵐山山荘で過ごした夜を思い起こさせるし、由紀が注いでくれる酒は連れ歩いたころの旅の日々を思い起こさせる。のみならず、酒を注いでくれる由紀の指先は才野木の子供を産むという意志を示唆しているようにも思われてくるのだった。

よし乃は、由紀が湯を使うとき軽い口づけを求めた。由紀も、よし乃が湯を使うとき同じように才野木に軽い口づけを求めた。三人揃ってからはまたそれぞれの距離を持った三人に戻る。

よし乃と由紀のこうした態度や行為は、女にとっては関わった男に対する軽い挨拶的な感覚のものなのかも知れなかった。しかし才野木は、二人が対比する隙間のない息苦しい世界に次第に深くはまり込んでいくのだった。才野木はその夜、酔いに逃げる他に立場を繕う方法を見つけることができなかった。

＊

翌朝、目覚めて才野木は驚いた。

雨が雪になったらしく、住宅街は厚い雪に埋まって、音もなく静まり返っているのだった。岡崎家も凍りついて、家の中の空気が僅かに動いているだけだった。

熱いコーヒーに覚醒しながら見るテレビのニュースは、二十年ぶりの関東一帯の大雪を伝えていた。交通も殆どが止まっていると言う。気がつけば今日は何かの祝日だった。休日で良かった。平日であれば混乱は更に極まっただろうとも伝えていた。

これでは動きが取れない。才野木は困ったことになった。この家に自分とよし乃だけだったらそれなりの時間を持てるだろう。由紀とだけであってもそれなりの時間が作れるだろう。

ところがこの家には、よし乃と、由紀と、自分の三人がいる。一日中どんな顔を合わせ続けられるというのだ……。才野木は急に息苦しさを覚えた。吸う空気が更に重くなってきた。タイミングをとらえて、タクシーを呼んで取り敢えず駅まで出てみよう。東京まで戻れなければ、どこか近くのホテルでも取ればいい、内心そう考えていた。

三人は遅い朝の食卓に向かい合った。

「こんな雪になるとは……、タクシーは呼べるかな？」誰にともなく呟いた才野木の言葉を受けて、由紀が言った。

「あら、ヨシさん、今日は休日で、明日は土曜日よ。当然あさっては日曜日。慌てることはないでしょ。この雪よ、今日も泊まってはどうかしら？」

才野木は思わずナイフとフォークを落としそうになった。目玉焼きが破れて黄身が皿に流れ出た。才野木は由紀の顔を見た。平然としている。

「お母さま、どうかしら？」

「才野木さんさえ宜しかったら、どうぞご遠慮なく、今日もお泊まり下さいまし」

才野木はよし乃の顔を見た。あら本当にそうしたらどうかしら——そんな表情である。才野木は皿に目を戻して、流れた黄身をパンで包むようにして口に運んだ。またパンをちぎって黙って口に運んだ。

「ヨシさん、本当にそうしたら？」

由紀が再び口を添えた。よし乃も口を添える。

「才野木さん、ご迷惑かしら？」

「いや、そんなことは」

「ヨシ……さん、そうなさいよ。こんな機会はまたとないし、ゆっくりしましょう」

由紀は官能に溶かされたとき、空ろな瞳を宙に泳がせながら才野木のことを「ヨシ」と呼んできた。その癖が出た。「さん」をつけなおして言葉を繋いだのだったが、よし乃は聞き逃してはいなかった。

「由紀は才野木さんのことを、『ヨシ』って呼んでいたの？」

「……どう、だったかしら」由紀に薄い動揺が流れた。

よし乃が真似て言葉を繋いだ。「ヨシ、……さん、是非、そうなさいまし」

よし乃は三人の関係では割り切った整理と大人のわきまえを持っている。それはあらゆる言動で分かる。だがいまは僅かに嫉妬に似た色が滲んだように思われた。才野木がほうれん草をフォークに乗せて口に運んだとき、由紀が言った。

「ねぇねぇ、ヨシさん、本当にそうしたら」

「…………」

「何か、気にしているの？」

「……そんな訳では」

煮え切らない才野木の態度を受けて、よし乃が纏めてしまった。

「じゃあ、そうしましょう。由紀もあんなに言っているし、第一この雪じゃ動けないわ。才野木さん、ほんとうに、そうなさいまし」

「………」

腹が整ってコーヒーが続いた。よし乃がお勝手に立った。

「ヨシ、わたしのことは気にしないで。お母さまがちゃんとお相手をするわ」耳元で由紀が囁くように言った。冗談のようにもとれるし、妍を競う気持ちが微かに滲んだようにもとれた。

「……ええ、そうなの」「?」

「一郎はお父さまに似ているのかな、朝はご飯なの」「?」

よし乃が戻るタイミングに合わせて、由紀はそんな言い回しをして、さも話の続きであるかのように繕った。

由紀の取ってつけた繕いに、才野木はよし乃に隠し事を持ったような気がした。亭主が一郎という名前であることも初めて知った。

「由紀は、家ではずっと朝はパンだったでしょ、だから先方では少し勝手が違うってぼやいているのよね。お父さまは海外のほうが長いのに、和食にこだわるみたいね。全く反対かと思っていたんだけれど……」

「あら、ぼやいてなんかいないわ。朝の仕事が多くて馴染みにくいだけ。でも段々と慣れてきたわ」よし乃の言葉に由紀が軽いタッチで言い返した。

才野木には、結婚はしたものの馴染めなくて気苦労がある、と言っているようにも聞こえた。

コーヒーを傾けながら由紀がこんなことを言った。

「お母さま、コーヒーが終わったら二階に移るわね。一階はお母さまとヨシさんの二人にしてあげる。ヨシさん、本当に気遣いは要らないわ。ノンビリして欲しいの。退屈になったら二階に上がってきてもいいわよ」

よし乃はそれには何も言わなかった。そのとき赤子の泣き声が聞こえた。隣の和室に急いだ由紀の声が返ってきた。

「お母さま、一寸きて」

「どうしたの？　才野木さん、コーヒーを飲んでいてくださいましね」よし乃が言い残して席を立った。

「才野木さん、コーヒーを飲んでいてくださいましね」よし乃がまた同じことを言い残して、何かを抱えて二階に上がって行った。

「じゃあね、ヨシさん」

赤子を抱えた由紀がその後に続いた。泣いていた赤子の声は二階に遠ざかって聞こえなくなった。

よし乃と由紀はもう一度和室に戻ると、何かを抱えて再び二階に上がっていったのだったが、その後はよし乃だけが下りてきた。

よし乃は由紀が使っていた和室の掃除機を掛け終わってから、才野木のいるダイニングに戻ってきた。

静寂が戻ったダイニングで、よし乃が冷めたコーヒーカップを傾けながら言った。

「由紀がね、今日は二人で、……ゆっくりしなさいって言うの」

（……二人でゆっくりと言っても、この家には由紀も、赤子もいる……）

「由紀がこの家にいる時は、ずっと二階だったのね。オーディオやテレビがうるさいと言って、亡くなった主人が由紀の部屋に防音をしたの。たいしたものね。それからは何も聞こえなくなったわ。それをみて主人は自分の部屋にも防音をしたの。防音はある意味では都合がいいけれど家族はバラバラになるわ」

「…………」

「それ以来、主人も殆ど自分の部屋にこもるようになったわ。食事が終わったら自分の部屋、お休みの日も食事以外は自分の部屋、結局はわたくしだけだったの、居間や和室を使っていたのは……」

よし乃は、由紀の生活も夫婦の生活も、かつてはずっとそんなスタイルだったと言いたかったのだろう。

「才野木さんには関係がないことだけれど、わたくしたちは結婚して以来、ほんの僅かの間だったのよ、同じ部屋に休んでいたのは……、大人しい良い人だったけれど……」よし乃はそう言い足して、後は黙った。

才野木はよし乃の表情に流れた薄い翳りを見た気がした。箱根でもそれらしい告白を聞いている。


（……よく理解できていなかった家の構造だったが、いまではハッキリと分かっている。まず西にある玄関から、東に向かってまっすぐに廊下がある。

玄関から直ぐの南面に客間があり、隣が居間、その隣が和室、最も奥が夫の部屋と並んでいる。廊下を挟んで反対の北側にダイニングキッチンや浴室などがある。二階への階段は玄関の上がりの直ぐ横にあった。言えば一階と二階は完全に使い分けができるようになっているのだった。

由紀が一階を開放すると言った意味がよく分かった。よし乃と義父が住む一階に由紀が無関心でいることも、家の構造から言えば可能なことだった。義父が生きていたころは、きっと一階と二階はそんな認識で使い分けられていたのだろう。その分離感覚が、今回の由紀の発想になっているに違いなかった……)

「ごめんなさい、お待たせして……」

よし乃は由紀が空けた和室に才野木をいざなった。そこには足を落とせる掘り炬燵がある。先ほど設えたらしい。才野木が足を差し入れると心地良い温かさが包んだ。

ガラスを透してみる庭の木々には、綿をかぶせたようにこんもりと雪が載っている。雪を被った低い南天には、真っ赤な実がぶら下がっているが、ついばむ鳥はいない。静まり返った庭は凍りついていた。

よし乃が日本茶を盆に戻ってきた。足を差し入れてから、才野木に茶を勧めた。そう言えば二階に上がった由紀と赤子の声は一言も聞こえてこない。まさしく才野木とよし乃の二人だけがこの家で向き合っている感じである。

「一階は、ヨシさんとお母さまに開放する」と言った由紀の言葉通りの空間ではあった。

「こんなことになって……、なんと言うか、いいのかな？」才野木がつい漏らした真情だった。やはり訪問は控えるべきだった、という後悔からくる自戒でもあった。

「……、いいの」

「由紀は、……由紀さんは、下りてこないのかな？」才野木が気づいて「さん」をつけて言い直した。

「由紀は夕食まで下りてこないでしょう。主人が生きている時も、あの子は生活を切り離してきましたの。二階には簡単な流しもおトイレもあるので……。由紀が申しましたの。今日は二人にしてあげる。わたしはいないものと思ってって……。あの子なりのけじめを持とうとしているのでしょう。才野木さん、それに乗ってやってくださいまし。由紀はわたくしと貴方とのことを、定かなものとして認識しようとしているのですから……」

よし乃はそう言ったが、「お母さまには秘密にして、ヨシの子を産む」と言った由紀の言葉が才野木の脳裏に染み上がるように甦ってきた。けじめは形の上だけのことで、心の奥では、切り離せないしがらみがいまだに纏わりついている。由紀の心の奥の複雑な棲み分けを、才野木は今さらに思った。

「今日は奥の防音したお部屋にお休みいただくつもり。才野木さんも落ち着いてお休みになれるでしょう」

そう言ったよし乃の顔に僅かに朱が滲んで見えた。シナリオは描かれている。そのことはきっと由紀も承知しているのだろう。

置時計の五時を告げる音が、部屋の空気を縫うように響いた。知らぬ間に時間は過ぎていた。雪雲に覆われた外界は、早いたそがれに落ちてもう薄暗い。

よし乃は風呂をはって才野木を促した。何かと手順がいい。

風呂を出ると炬燵に夕食の用意が整っていた。よし乃と才野木の二人分が用意されている。由紀のものはない。怪訝に思ったとき才野木の携帯がメールを受信した。由紀からだった。

〈ヨシ、ゴキゲンハイカガ？　オカアサマト、タノシクヤッテネ。ワタシノコトヲキニスルトイケナイノデ、メールシマス。オカアサマヲ、ヨロコバセテアゲテホシイノ。スナオデ、ショウジキナキモチ。イッサイジャマハシナイノデ、ゴジユウニネ。デモ、イツカ、ヤクソクハマモッテネ。ソレダケガ、ジョウケンデス。デハアシタ。ユキ〉

メールは二階に由紀がいることを改めて認識させたが、刺さっていた棘が抜かれたような気分にはなれた。この家での居場所が与えられたような気もした。しかし連動して同時に、由紀との重い課題を再認識することにもなった。

「由紀がね、赤ちゃんが心配だから二階で食べるって、持って上がっちゃったの。ヨシさんに、よろしくだって」

よし乃のこの言葉に便乗することで才野木は由紀のことをやり過ごした。頭からも切り離した。メールのことも言わなかった。

夕食が足元の暖かい心地良さに包まれながら進む。と、よし乃がお菜を摘まんだ箸を才野木の方に差し向けてきた。才野木は直接それを口に受けた。

その才野木によし乃が言う。

「祥之さん、他に食べたい物もあるかも知れないけれど、今日はわたくしが差し出すものを食べて下さいましね。わたくしのいないところでは、お好きなものを召し上がっていいから……」

才野木は再び意識を呼び戻されてしまった。よし乃の言葉は、食事のことのようにも聞こえ、由紀のことを言っているようにも聞こえたのである。

またよし乃は由紀の前では「才野木さん」と呼ぶのだが、二人だけのときには「祥之さん」と呼称を使い分けるのだった。

洗面の後で通された部屋は、元々は夫が使っていた洋室を和室に改造した部屋らしかった。床は畳敷きにしているが、天井も壁も防音のための頑丈そうな板が張られたままだった。

庭に面した二重のガラス戸には遮光カーテンを吊り、縁側にはリクライニングの籐椅子を置いて、内側には雪見障子を嵌めている。

廊下からの入り口も二重になっている。改造の折に造り足されたらしい奥行きの浅い小ぶりの飾り床には細軸をかけ、横の違い棚には一輪差しを置いてあった。

枕元には水差しを置いて、夜具は二つ並べてあった。

「内装をやり替えましたの。いまではここで、わたくしが独りでお茶をやっているのよ。明日、よければ点てて差し上げます」

前夫の部屋だったことを才野木が気にしているとでも思ったのか、よし乃は内装を変えたことや、いまは自分一人が使っていることを強調した。才野木は夜具に横たわってみた。なんとも言いがたい落ち着きが包んでくる。

「お風呂を使ってきます。お酒でも飲んでいらして」

よし乃は、水差しとは別のトレーに載せた冷酒のセットと灰皿を置いて、そそと戸を閉めた。ここにテレビはない。

才野木はタバコに火を点けた。雪一片落ちる音さえ入りこませない静謐の中で、紫の煙がたゆたゆと仄明かりの空間に昇っていくのを見ていると、下限も上限もない自覚する自分さえもない浮遊感に漂っていくようだった。何もない無だけを感じた。

厚い戸が開いてよし乃が戻ってきた。洗い髪を斜めに束ねた寝巻き姿である。才野木はそんなよし乃に女を見た。

「わたくしも、いただこうかしら」

女は膝をついて冷酒のグラスを口に運んだ。湯上りの頬は上気している。袖口から抜け出ている白い腕が才野木の目を射る。陰りをなした胸の盛り上がりも目を射る。薄紅を引いているのか女の唇は朱に見える。

「……おいしい」

才野木は女のグラスに冷酒を注ぎ足した。女は顎を上げて半分ほど呑んでからグラスを元に戻して言った。

「お風呂あがりに、お酒をいただいたことはなかったけれど、冷酒も美味しいのね」

酒が喉から胃を焼いているのだろう、女はフーと大きく息を吐いた。薄寝間着の中で熟れた女の肉体がくねった。

＊

目覚めたとき才野木はまだ夜だと思った。

よし乃が雪見障子を開け、縁側の遮光カーテンを寄せて初めて、既に陽が昇っていることを知った。

三人でブランチを済ませてから、才野木は今回もまた引き止める二人を制して逃げるように岡崎家を後にしたのだった。何故か?

整理して説明することはできないのだが、起きだした居間にはやはり重い空気が満ち満ちていたのである。昨夜のよし乃との夜が目の前の現実と対比しながら思い出され、ことさらにいまここにいることの不自然さを意識させたのだった。

三者三様にその立場に納得している三人ではある。それはそうなのだが、一つ家にいるよし乃と由紀の二人が才野木の中ではどうしても対峙してしまうのだった。二人の女に片足ずつを架けているという意識が、心の中で才野木を攻めてくるのだった。やはり引き上げよう——才野木は強くそう思ったのだった。

＊

通りすぎるタクシーはなかった。駅まで歩いた。アスファルトの部分は雪も融けていて歩くに障害はなかった。

才野木が改札に手を伸ばしたところで、後ろから呼び止める声がした。振り返ればよし乃だった。後戻りした才野木に言う。

「もう一日、帰したくないわ。由紀がそこまで送ってくれたの。赤ちゃんが心配だからと言って、わたくしを置いて直ぐに引き帰したのだけれど……」

他人の目にもつく。才野木とよし乃は取り敢えずタクシーで次の駅前まで行って角の喫茶店に入った。二人に言葉はない。

そうだった。前回は由紀が東京まで追いかけてきた。今日はよし乃が同じように追ってきている。才野木の脳裏を朱と朱が入り混じって去来した。

「ごめんなさい、わたくしが……」才野木の心情を汲むところもあるのだろう、よし乃はそう言って視線を落とした。

「いや、俺のほうが……」

「いまでは、もう、気楽に遊んで下さればいいのに……」よし乃が今度は才野木の瞳に視線を留めたままで言った。

「そうは言っても、……やはり」

「お家がイヤなら、ホテルを取りたいわ」

見上げる瞳でそう言われると、才野木の心も引き戻されてしまう。迷い道に立っている才野木の不確かなところだった。

二人は、再びタクシーに乗って、二駅ほど東京寄りの駅前のホテルに向かった。よし乃は窓外に流れる景色に視線を泳がせていたが、その翳りのある表情は才野木に切ない道ゆきの女を想わせた。そうなのだ。今のよし乃は道ゆきの女なのだった。

才野木には、よし乃が哀れに思えてきたのだった。同じ量だけ由紀もまた気になってきている。この道ゆきは由紀を避けて、よし乃と逃避していると言えなくもないのだ。

ホテルの部屋に入っても、才野木は落ちつくことができなかった。レースのカーテンを開けると低い街並みが見えた。街並みは雪に沈んで光彩を失っている。射しこんでくる陽光も薄く浅い。目に入る全てのものが頼りなく、この部屋にいること自体も所在なく感じられてきてしまうのだった。

ソファで向かい合って缶ビールを開ける。

「……迷惑を、かけた」才野木がそこまで言ったとき、よし乃が言葉を引き取った。

「わたくしとのおつき合いは、三年間のお遊びなの。そうしていただきたいと申し上げたでしょ。わたくしという女と思い切り遊んで下さればいいの。それに由紀だって認めて、いえ、そうして欲しいと言っているのですから……」

「しかし……」

「貴方も由紀と遊んだわ。遊びではなかった、とおっしゃるかも知れないけれど、結婚を承諾してくれたわ。結果的には、由紀とは遊びの範囲だったたってことになるでしょう？」

「………」理屈の上ではそうなのだが、とは才野木も思う。

「あ、責めているのではないの。由紀も今では確かな道に踏みかえて歩き始めているわ。だから由紀のことはもういいの。

でも、貴方から由紀を引き離したのは、わたくしなの。不足かも知れないけれど、その埋め合わせをさせていただくと申し上げたでしょ。わたくしそのつもりなの。貴方のためだけではなくて……それはわたくしのためでもあるの。

由紀には辛さもあるでしょうけれど、ある意味ではわたくしと付き合ってくれている方がよく見えて安心なのでしょう。納得しておれるというか、我慢しておれるというか……。

昨夜だって全てを承知してくれていて、いえむしろ存分に楽しんで欲しいって、耳打ちしてくれていたの。自分自身の心の整理もしているみたいなの、きっとそうなのでしょう……」

よし乃は、由紀の心に才野木への思いが残っていることも、結婚に踏み出しながらも才野木を切り離せずにいることも十分に承知している。いままでの女の負の経験が、そんな由紀の心情を理解し、認め、そして許すのだろう。同じように、自分の女の性についても客観的な視点から自分を見つめ、そしてその苦悩を埋めたいとする、いまの自分の気持ちをも許すのだろう。

「箱根でも申し上げた通り、一切何も負担に思わないで、わたくしと気楽に遊んでくださればいいのです。これは本当の気持ちですの。そして三年後にわたくしから申し上げますから、そのときは綺麗に別れて欲しいのです。綺麗に忘れて欲しいのです。それまでは……」

「ボクが、別れたくない、と思うようになっているかも知れない……」

「いいえ、お約束をして欲しいの。でもそれまでは貴方のお好きなように、わたくしをご自由になさって下さいまし。わたくしも望まないことはそう申し上げますから……。わたくしは貴方が好む形でお付き合いをしたいの。わたくしはその中で、わたくしが求めているものを、わたくしの中に満たしていきたいの……」

よし乃は雄弁だった。言い終わってから肩で大きな息をした。よし乃の心の底は才野木も何度も聞いてきている。よし乃と由紀の間に母と娘の合意があることも承知している。

「由紀も、まだ貴方への気持ちが断ち切れていないわ。そのことも分かっていますの。でももう、わたくしの関わることではないと思うの。結婚もさせたし、子供もできたし、これから後は由紀自身のことでしょう。

貴方と由紀がこれから関わることがあったとしても、わたくし自身はもう関わらないつもりなの。それはそれ、貴方とわたくしのこととは、また別のことと思っていますの。わたくしは、わたくしの三年間の青春を……大事にしていきたいの」

「よし乃に対する欲望は強い。由紀に対しても整理し切れていないところがある。だから今朝も拘ってしまった……」

「ええ、分かっていますの……、それでもいいの。その代わり箱根でも申し上げたけれど、わたくしに青春をちょうだい！」

箱根でもそうだったが、よし乃の「青春をちょうだい！」という切ない言葉がここでも才野木の胸を締め付けた。

ここにきて才野木は改めて新たな位置から、しかも客観的に、よし乃を見つめることができたのだった。

すると由紀のことが気になってきた。由紀を疎んじて避けているわけではないのだ。よし乃とこのホテルで一夜を過ごせば、由紀の立場からすればことのほか由紀を避けていると見えるだろう。たとえ自分に葛藤があっても、やはり岡崎家で過ごす方が、その意味では由紀を避けていることにはならない、と思われてきたのだった。

よし乃の言うように、よし乃とのことはよし乃とのこと、由紀とのことは由紀とのこととして左右に振り分け、割り切って過ごしてみようと思われてきたのだった。そんな自分の心の変化が不思議にも思えるが、赤い色紙を折り曲げて、真ん中からスッパリと切り分けたような心境になれたのだった。

「もう一度、家に戻れるかな？」

「ええ、それでも構わないわ」

「由紀に、一応、訊いてくれるか？」

「ええ、いいわ。……その方が宜しければ」

よし乃は電話を取った。由紀は直ぐに出たようだった。やり取りは直ぐに終わった。

「由紀は、是非そうして欲しいって言っているわ」

「じゃあ、申し訳ないが……そうしてくれ」

二人はソファを立った。才野木はドアに向かうよし乃を向き直らせて唇を重ね、その腰を強く抱いた。よし乃も素直に応じた。よし乃が唇を離してから言った。

「……でも今夜も、わたくしと一緒ですよ」

タクシーは直ぐに岡崎家に着いた。由紀が笑顔で迎えた。よし乃はえらく真面目そうな顔をしたが、才野木は由紀に照れ笑いを返すだけだった。

「もう『ヨシさん』でも『ヨシ』でもいいでしょ。とりあえずお風呂を入れたから、ヨシさんお風呂を使ったら？　その間に食事の用意をするね……お母さまと一緒に」

気まずくならないように由紀が気を遣ってくれているのが分かる。よし乃も相槌を打った。

湯に浸かっていると才野木に落ち着きが備わってきた。何と言えばいいのか、心の置き所のようなものができたのだ。

「ヨシさん、バスタオルここに置いておくね」由紀の声が届いた。

「ああ、ありがとう」

「ちょっと、開けていいかしら」

ガラス戸が開いて冷気が流れ込んできた。由紀が覗き込んで手招きをした。恥ずかしがる関係でもなかったが、才野木は湯に浸かったままでいた。察した由紀が入ってきてしゃがみこんで言った。

「ヨシ。気遣いは要らないって言ったでしょ。お母さまをよろしくっ。でも、わたしの躰が戻ったら……」と言って唇を寄せてきた。

才野木は受身の唇を合わせたのだったが、無色透明とはいかなかった。由紀の唇は熱く濡れていた。ほんの短い時間で由紀は出て行った。

長いこと浸かっていたせいで才野木の額から汗が噴出してきた。シャワーに立って冷たい水を被る。由紀が残した唇の感覚はシャワーの冷水によって流されていった。

和室の炬燵には夕食が整っていた。よし乃と才野木の二人分である。由紀はまた今日も二階で過ごすつもりのようだ。

才野木はよし乃の酌を受けた。よし乃にも注いだ。二人の心裏はときに二つに分かれることがあっても合流しては一つになった。表裏もまたときとして一体となった。

才野木の心に障害となるような葛藤ももう生まれてはこなかった。自分のことながら才野木は実に不思議な思いだった。時間はゆっくりと流れていった。


「お風呂を使ってきますけど、こちらに？　それともお部屋に？」

「タバコを吸ってから……部屋に」

よし乃は頷いて出て行った。才野木はタバコに火を点けた。静まり返った空気は冷えて沈んでいる。

そこに音も無く襖が開いて由紀が入ってきた。よし乃が風呂に入ったのを見届けてきたのだろう。由紀は微笑みながら言った。

「さっきキスしたら、思い出しちゃった」

才野木は膝をついた由紀を畳に押し付けて烈しい口づけをした。だが由紀は乳房に触れることも膝に触れることも拒んだ。そして自分から身を引いて言った。

「ありがとう、ヨシ。これでいいわ。許してあげる。お母さまを楽しませてあげてね」

由紀はにっこり笑って部屋を出て行った。浴室で覚えた感慨とは違って、才野木には無色透明感だけが残った。由紀の明るさがそうさせたのだ。

才野木はもう一本タバコを点けて、大きく吸い込んで大きく吐きだすと、半分残してそれをもみ消した。

移った寝室は昨夜と同じ雰囲気で才野木を迎え入れてくれた。行灯の薄灯りに浮いた違い棚の一輪が寂しかったよと語りかけてくる。才野木はまたタバコに火を点け、由紀と合わせた唇の感触を思い出しながら、よし乃を待った。

＊

翌日は快晴だった。

コーヒーの芳醇な香りが漂うダイニングで、三人で朝食をとった。よし乃にも由紀にも屈託は見えない。よし乃の笑顔も、由紀の笑顔も、今日の才野木には爽やかに映った。才野木自身の肩も軽かった。流れる時間が三人を淡く包んで過ぎていく。コーヒーの豊潤な香りだけは時間に流されずにそこに漂ってくれていた。

才野木は庭の雪景色に視線を巡らせた。昨夜も冷え込んでいたのだろう、庭の雪はまだそのままこんもりと残っていた。

十五

由紀は嫁ぎ先に戻った。由紀が嫁ぎ先に戻れば家を空けることにも支障はないと思うのだが、よし乃は才野木の東京出張に際しては岡崎の家に泊まるように求めた。夫婦らしい疑似体験に遊びたかったのかも知れない。

たまにはホテルに泊まってもいいと思うが、度重なればそれにも慣れ、やがて当たり前のようになって、才野木もホテルよりも岡崎の家が落ちつくようになっていった。

だがよし乃は、寝巻きや歯ブラシや箸など一切は、客用のものを出した。また来る才野木のために専用のものを整えることはしなかった。

近隣の眼が気にならないこともなかったが、社会がドライになってきたからか、都心に近い新興住宅地だからか、それぞれの区画が広いせいか、この地区の住民は互いに互いを干渉しないようだった。どの家も無関心を装い、ひっそりと存在しているのだった。

このことはことのほか才野木の気を休めた。近隣への気遣いが要らない。よし乃も心得ているのだろう。

そんな生活が続いて半年ほど経ったころ、由紀が東京で逢いたいと言ってきた。才野木が東京出張時には実家に泊まっていることを由紀も知っている。そんな事は殆どオープンになっていた。

「お泊りは実家にしてちょうだい。その方がお母さまも喜ぶでしょう。その前に都内のどこかでお逢いしたいの。このことはお母さまには内密にしてね」

才野木には岡崎家に泊まることになっていた予定が目前にあった。由紀はその日の午後の二時間ほどでいいと言う。

才野木は岡崎家を訪ねる前に、赤阪のホテルのティーラウンジで由紀と逢った。今までにもよく待ち合わせをしてきたホテルである。

久しぶりに見る由紀には若奥さま風の落ち着きが備わってきていた。肉付きもよくなったように見える。嫁ぎ先の生活も安定しているのだろう。コーヒーカップを傾ける白い指もしなやかで、磨きのかかった品を思わせた。熟し始めてきた——才野木にはそんな印象だった。

「お母さまとうまくいっているようね。お母さまも明るく変わってきた感じがする。ヨシのお陰ね。わたしも六ヶ月以上が経ったわ。やっと……おなかも戻ったの」

カップを置いた手を下腹に当てて、由紀が囁くような小さな声で言った。どうやら出産でたるんだ下腹が元にもどってきたという意味らしい。才野木には約束の実行を求める示唆のように思われた。

　そして更に言い足した。「ヨシには嫌われたくないし、躰が変わったと思われたくないの。だからもう半年後にするつもり」

「……本気、なのかい？」深刻な話にはしたくない。冗談気を込めた軽いタッチで才野木が訊いた。

「ええ、本気。……困る？　困っている、みたいね？」

「困っている、と言うよりも……」

「わたくしには興味が無くなったのかしら？　お母さまの方が良くなったのかしら？」由紀の言葉に冗談っぽい皮肉が籠った。

　結婚を決めた後も断ち切れない思いから秘密の一夜を持った。由紀にとっては絶対に知られてはならない秘密である。由紀はその危険を冒してまで、あの時は才野木の胸で泣いた。

　才野木にはそのことが重く思い出された。もう繰り返してはならない。由紀を不幸にしてはならない。道を守らせなければならない。

「由紀、聞いてくれないか！　正直に言う。由紀と出会ってから俺の人生は変わった。仕事の上でも精気が出た。張りつめた生活になった。由紀と出会って幸せだった。由紀自身にも、由紀の躰にも限りなく惚れてきた。宝物だった。……これは、本当のことだ」

由紀は瞬きもせず、才野木の言葉を聞いていた。

「由紀を結婚させせなければならないと、必死になっていたお母さまの気持ちも十分に理解できた。お母さまの心に対しても、由紀の将来に対しても、その方がいいそうすべきだと判断もした。だから身を引いた。とは言いながらも、正直に言えば、由紀に対する気持ちを断ち切れずにいたことは事実だ。だから未練に負けて色々あった。それも止むを得ないことだった……」

才野木の言葉が途切れたところで、由紀が同調するように一言を挟んだ。

「ええ、……分かってる」

「いまでも、由紀への未練をまだ断ち切れずにいる。だからあの日の岡崎の家でのいきさつがある。あのとき由紀が示してくれた気遣いと優しさは嬉しかった。けれど何と言われようと、俺の子供を由紀に産ませるわけにはいかない。結婚した由紀に俺の子供を産ませるなんて、そんな道義に外れることはさせられない。生まれてくる子供に対しても、そんな無責任なことはできない」才野木は由紀の瞳をまっすぐに見つめながら、強い言葉で言った。

「でも、わたしが結婚すると決めたのは、ヨシとの約束があったからなのよ。ヨシが約束してくれなかったら、わたし……結婚はしなかったかも知れない」由紀も語調を強めて言い返した。今度は才野木が黙った。

「そのことは、ずっと言ってきたことでしょ。わたしはヨシの子供を持ちたいの。ヨシに迷惑はかけないわ。そうでなければ、わたし……納得いかない」強かった由紀の語調も、最後は糸を引くような細い声になった。

一つの目的と方向を決めたとき、よし乃は強引とも言える行動に出るところがある。それは由紀も同じだった。

だが由紀は、自分の立場も、才野木の立場もよく理解している。わきまえも持っている。しかし女としての葛藤、自分の道に対する納得に迷っているのだった。いまからの道は自分で作っていく道だが、過去の道は才野木が連れて歩いた道だった。たとえ才野木に連れられて歩いた道であっても、由紀にとってのそれは女の人生の確かな一部分なのである。それだけに由紀にとっては重い思いのある道なのだった。

それは才野木にも重々分かっている。才野木は流し込むようにして、冷えたコーヒーを飲んでから言った。

「こうして逢うことすら、由紀にとってはいまや背信の行為だ。子供を作ればこれは完全に則を越えた背信になる。結婚生活が破綻になる危険もある」

「ええ、……そんなことは分かっているの。でも、わたしは上手くやれると思うの。それにお母さまのような納得のいかない人生にはしたくないの。

……いきさつ上、そうなったとは言っても、ヨシとお母さまとの関係だってわたしが抵抗無く認められたと思っているの？　わたしにとっては……。

でも、お母さまにもそうさせてあげたかったし、ヨシもわたしに約束をしてくれたから、だからわたし……。

誤解しないでね。お母さまとヨシとをお付き合いさせて、お母さまの人生を満たしてあげたかったのは、わたしの本当の気持ちなの。辛い思いもあるけれどそれは認めてくることができたわ。ヨシとお母さまとの関係はそれでいいの。だからお母さまの希望するようにしてあげて欲しいの。……わたしって欲張りかしら」

由紀は、今日は泣かなかった。冷静に自分の考えと気持ちを訴えていた。しかし才野木は由紀をそんな女にさせてはならないのだった。本当は由紀自身も、自分の考えに慄いているに違いないのだ。百パーセントの思いなら感情的にもなるだろう。だが冷静である。そこには理性が働いている。

「いずれにせよ、子供を作ることは、由紀が何と言ってもできない」

「…………」

「由紀の気持ちが許さないなら、俺が約束を守らないことに我慢がならないなら、俺が由紀の女の人生を狂わしたのなら、その制裁を受ける。だが子供は作れない。由紀をそんな女にすることはできない」言って才野木は、グラスの水を一気に飲んだ。

由紀も喉の渇きを覚えたのだろう、同じようにグラスの水を飲んだ。

才野木は「よし乃に身も心も奪われて、いまでは由紀に寄せる思いは既にない」と突き放そうかとも考えた。それが由紀に対する思いやりではないかとも思った。

だが、才野木の心がそれを許さない。才野木にとっての由紀は全てを捧げてきてくれた女なのである。それにまだ未練を残しているのも事実だ。嘘くさい嘘を言ってそれが何になる。

由紀のことを大事に思うなら、本当の気持ちの中で理を通す方が真摯な態度というものだ。

「由紀、……いまでも由紀が欲しい。これは本当の気持ちだ。由紀そのものにも、由紀の躰にも、正直なところ未練は一杯残っている。だが節度を持たなければならないと思っている。いや思うことに精一杯の努力をしている。

その一方で、今ではお母さまにも惚れてしまっている。お母さまの人格にも、躰にも、惚れてしまっている。由紀と比較してそうなったのではない。全く別の世界なんだ。だが本当の印象を言えば、お母さまと由紀はよく似ている。恐ろしいほどよく似ている。お母さまと同じ年齢になったら、由紀もきっとお母さまと同じような女性になるのだろうね。性格も、
そして躰も……」

「躰まで……似ているの？」由紀は大きく見開いた瞳を向けて、興味本位からではなく驚き

から才野木を見た。

「ん、そうだ。どちらも、すばらしい魅力だ」才野木は確信をもって強い言葉で言った。

長い沈黙が淀んだ。才野木は少し白状しすぎてしまったと思った。

「ヨシ、……ありがとう」

細い声でそう言って、初めて由紀はポロリと大粒の涙を落とした。それは膝に落ちて染みて消えた。

「ヨシさんっ、分かったから諦めるわ。わたしも分かっているの。でも整理がつかなかったの。お母さまの年齢になって、わたしがお母さまのように独り身になっていたら、ヨシ……抱いてくれるかしら？」

「七十になっているぞ。生きているかな？　……ん、きっと抱く」

「本当に？　約束してくれる？」

「……ん、約束する」

「きっと、よ」

「……ん、きっとだ。……きっと、守る！」

才野木は本当にそうしようと思った。そのとき由紀に凹んだ部分が残っていたら埋めてやることもできるだろう。

由紀は小指を差し出してゲンマンを求めた。才野木も応じた。子供じみてはいるが、絡めた小指の皮膚をぬけて互いの血が流れ合ったような気がした。由紀の涙はもう落ちなかったが、濡れている瞳が切なく才野木の心に沁みた。

「お母さまのこと、約束を守って優しくしてあげてね」

「……ん」

「この大嘘つき！　詐欺師メ……」

戯れるように由紀はそう言うと、瞳の奥を見せぬようにして優しく微笑み返した。才野木は二人の間に横たわっていた空気が透明になった気がした。

由紀と別れてから、才野木は岡崎家に向かった。やはり心には寂しく淡い空白が残った。濃い虚しさも漂った。

しかしそれらや淀んでいたものは、透明な風によって連れ流されようともしていたのだった。由紀に対するまだ残っている未練は、心の奥にしまい込んで秘めやかな宝にする。七十歳という遠い未来に由紀が本当に戻ってくることがあるかも知れない。それも秘めた思いだった。

よし乃と今宵はどんな夜にしようか、そう思うことで才野木は別れたばかりの由紀の面影を消そうとした。

十六

それから後も、ときどき由紀からの電話があったが、才野木との関係に変化をもたらすような内容ではなく、子供が大きくなったとか、亭主と海外旅行に行く予定だとか、主婦としての話題であったり、母親としての話題であったり、近況を知らせる話題ばかりだった。

その意味においては親しい友人間のニュアンスを越えるものではなく、さばさばとしたものだった。

そして由紀に二人目の子供が生まれた。女の子だった。

「わたしには女の子しかできないのかしら。……ヨシさんに似た、男の子が産まれないかなぁ」等と冗談を言ったが、ただそれだけのことで、安定した生活が続いているようだった。

一方、才野木は定期的に東京出張を組んではその度に岡崎の家を訪ねた。よし乃との間に適度な幅を持って流れている川は、ときに大きく広がったり、ときには細く狭まったりして、逢う度に千変万化の味わいを持った。才野木にとってもよし乃にとっても、二人の間で描く秘密の人生を、それように叶え満たしていく日々が続いた。

＊

季節は流れて、ひまわりが灼熱の太陽に焦げる夏がやってきた。

才野木は今日も岡崎家を訪ねていた。汗を流してくつろいだときには、街中の焼けた熱を抑え込むようにしてたそがれが落ちてきていた。激しかった蝉の鳴き声ももう聞こえてはこない。

冷房が効いて肌に涼しい和室の、堀炬燵の座卓に足を下ろして二人は夕食に入った。

「……この秋に、京都に行きたいわ」よし乃が中ほどになって言う。

「京都？　いいよ。京都の何処に行きたいの？」

よし乃の手作りの菜を摘まみながら才野木が訊いた。いまや馴染んだ味と酒である。気遣いのない、穏やかな時間の流れの中だった。

「お寺はもういいの。嵯峨野辺りに行って、嵐山の山荘に泊まりたいわ」と言うよし乃の細い声が、才野木には随分と懐古調に聞こえた。

「山荘には何度も行ったのに、まだ行きたいの？」

才野木は視線を戻して訊いた。するとゆくりなく「ええ、最後に……」と、よし乃の言葉が返ってきた。

「？　……」

「最後はあの山荘にしたいの。思い出も多いし……最初の宿だから」懐古調ではなく、今度は主張する意思がこもって聞こえた。

才野木の神経が集中した。

「最後って？　秋の山荘に行って、それを最後にしたい、という意味なのか？」咄嗟に、確かめなければならない、そんな気がして才野木が訊いた。

「………」

「どう、なんだ？」

「ええ、……そう」

一瞬沈黙したよし乃だったが、やがて小さく頷き、優しい声で控えめに才野木の確認を裏付けた。

才野木とよし乃とはいつかは別れる約束だった。いつかはではない。二人の交際期間は三年間という前提だった。そしてその別離のタイミングは、よし乃から告げる――これが約束事だった。だから、よし乃の話は降ってわいた突然の話ではない。季節が移ろいでいくさまを見ながら、そのことは才野木の頭にもあった。だが才野木にはいきなりの感がした。まだまだ先のことのように頭からは薄れていたのだ。

才野木の箸も、よし乃の箸も止まっていた。冷酒のグラスにもまだ酒は満ちたままである。

「駄目だ。……まだ別れられない」才野木の息を飲むような声が漏れた。

「…………」

「考えは聞いていたし、分かってはいる。だが今は別れられない」今度ははっきりと主張した。

「でも、お約束ですし……」

「約束は分かっているが、まだ、別れられない」才野木は繰り返した。

よし乃が冷酒の注ぎ口を向けた。才野木はグラスに新しい酒が満ちるのを見ていた。酒はグラスの中で対流しながら満ちた。

「わたくしも四十五歳になるわ。いまが一番いい時期だと思うの。祥之さんのこと、嫌いになったり、飽きたりしている訳ではないの。だから誤解だけはしないで欲しいの。でも……」

よし乃は何かを言いかけて一瞬逡巡し、躊躇いながらその言葉を飲み込んだようにも見えた。

才野木は、よし乃の表情にその心の内面を窺がおうと、食い入るような深い視線で見た。

しかしよし乃の表情からは、失望とか、後悔とか、嫌悪とか、邪心とか、そんなものは何ひとつ窺うことができなかった。ただ固まった女の決心が見えるだけだった。

しかし才野木は、よし乃が「でも……」と言葉をつなごうとしたことに、「別れる」とは口にしたものの、本当はいまなお気持ちは逡巡しているのではないかと思った。

今度は才野木が冷酒の注ぎ口を差し出した。よし乃は頷いてそれを受けたのだったが、口をつけずに置いた。

「聞いていたことではあるが、それが何故いまなんだ。嫌いになったとか、飽きたのでなければ……。本当は他に……」

才野木は思わず口に出かけた言葉をあわてて飲み込んだ。よし乃は才野木が何を言わんとしたのか気がついたのだろう、才野木を見据えて、睨みながら言葉を返した。

「……わたくし、本当に祥之さんに救われてきたわ。本当よ。本当にそう思っていますの。当たり前だけど、これからは歳をとっていくわ。わたくしも、わたくしの躰も……」よし乃はそこまで言って視線を膝に落とした。

よし乃はそのまましばらく沈黙していたが、テーブルに置いてあった冷酒グラスを手にすると、それを飲み干してから再び口を開いた。

「……祥之さんには、魅力があると思われている間、見ていて欲しかったの。付き合っていて欲しかったの。萎れていくわたくしを見せたくはないの。わたくしにしても、わたくしが満たしてあげられる間、わたくしも満たして欲しかったのね。……だから、この辺が潮時だと思っていますの……」

よし乃はもともと、愛情に基づく男と女の関係を求めてはいなかった。納得できずにいた女の人生を満たすことを求めていた。それを承知で才野木も応じてきている。

とは言いながらも心は変転する。やはり生身の男と女だった。いつの頃からか才野木はよし乃という女の魅惑に溺れ、そして惚れてきた。

それはよし乃も同じだ。才野木に対して形を持たない愛を求めるようになっていたし、自分が才野木に捧げている愛に気付いてもいた。溶け合ってきた深い性は、間違いなくその上に成り立っていた。

そんなよし乃の心境や真情は、才野木にも十分に分かっていた。大人びた立場をわきまえながらも、女らしい嫉妬を浮かべることもあったし、由紀を意識しての波立つ心の変化が見えることもあった。

ところが、よし乃にはそれらの心状を超えて、才野木がいつも何かを発見し続けるほど魅惑的な女でいたいという美学、才野木の心が傷つくほどに魅惑的な状態であるときに別離したいという美学、があるのだった。

よし乃にとっては、才野木と由紀との関係から始まった関わりだけに、才野木の脳裏に残っているに違いない、若く美しい由紀の記憶に劣る自分の記憶を残させたくないということもあるのかも知れなかった。

「ダメだ。いまはまだ別れたくない。よし乃の躰を忘れることなど、とてもできるとは思えない。忘れると言うのは正しくないな。諦めることができない。正直なところ……、本当だ」才野木は、それくらいは分かるだろう、そんな気持ちを込めた強い言葉で言った。

「それって、本当なのかしら」

「嘘は言わない。本当だ」

「……うれしいわ」

よし乃の目が光ったように見えた。熟れて艶やかな表情に、微かに才野木の男心に勝っているという誇りが射したようにも見えた。

「だから、いましばらくは、よし乃を離したくない」才野木が追いかけて言った。

「ええ、それが本当なら嬉しいわ」

と言うよし乃の言葉を聞いて、ならば撤回する、と言い直すのかと才野木は思った。だがそうではなかった。

「でも、だからいまお別れしたいと思うの。そうでなければ……」

よし乃は、そうでなければ歳をとって衰えた姿で別れるのは惨めだ、と言うつもりだったのだろう。よし乃の美学からすれば、才野木が言う価値ある魅力を残した状態での別れでありたいのだ。

才野木は思った。

（……よし乃との関わりは常識では考えられない関わりである。しかし男と女として熟れて濃密な関わりだった。互いを傷つけるような決して一方的なものではなく、また触れ合って一緒になっただけの男と女の平板な薄い関わりなどではなく、美しく熟れ切って過ごした関わりだった。言い換えれば生きていく性を互いに埋め合っていく男と女の美しく熟れた関係だった。

それに、由紀に被せてしまった破倫の罪を、払い薄めてくれたとも言える。本心から言えるが、よし乃はあらゆる面でかけがえのない存在だった。よし乃が本当に望むなら、男としてその美学に添ってやらねばならない……）

と思いながらも才野木は、よし乃の言葉は本当の気持ちなのか、本当に本心なのかと、いまだ理解はさ迷っているのだった。

「考えは分かったが、本当にいま別れたいのか？」才野木が念を入れる。

「……、ええ」

表情にわずかに躊躇が見えた気もしたが、よし乃はハッキリと言い切った。才野木はよし乃との終わりを知った。

「……分かった。山荘に行こう。だが今日は……」

「……ええ」

才野木は、心とは裏腹の作り笑顔をして、よし乃に冷酒を注いだ。よし乃も才野木に注いだ。乾杯をする場面でもない。才野木は黙って寂しそうにグラスを干して見せた。

よし乃はそんな才野木をいつにない優しい目で見つめていた。

その夜は、才野木は夜を通してよし乃の躰を離さなかった。よし乃の美学を完成させる為ではない。才野木自身の未練がそうさせたのだった。

十七

秋までにはまだまだ時間があると思っていたのに、十一月は駆け足でやってきた。紅葉前線もいつになく早くきたように感じる。

嵐山辺りはもう見事に紅葉しているに違いなかった。その嵐山で今日、才野木とよし乃は最後の逢瀬を過ごすことになっているのだった。

才野木の落ちつかない一日が始まった。時間は早いが京都に向かった。山荘での待ち合わせは午後五時の約束なのに、京都南のインターチェンジを出たときはまだ昼を少し回ったところだった。

才野木は思いついて三十三間堂に足を向けた。よし乃といつか巡ったときのことが思い出されたのである。心が何かを探していた。

堂は今日も変わらなかった。幾体もの菩薩像が静謐の中で才野木を迎えた。菩薩像群は声もなく穏やかに、嘆きや、悦びや、慈悲を、才野木に投げかけてくる。

立ち止まって対した一体の菩薩像は才野木に向かって泣いていた。それは才野木を責めて泣いていた。

才野木は訊いた。私の何を責めるのだ？　菩薩像は罪のない罪を責めていると答えた。罪のない罪とは何かと訊いても、それには答えてくれなかった。才野木は人目があることも忘れて、深く一礼をしてから歩を進めた。

また足を止めて対した菩薩像があった。今度の菩薩像は嗤っていた。

才野木が、何を嗤っているのかと訊けば、愚かな人間を嗤っていると言う。何が愚かなのかと訊けば、菩薩像は自分を見てみろと答えたのだった。自分の何が愚かなのかと訊いても、それには答えてはくれなかったが、風もないのに菩薩像の後ろから風の音が聞こえてきた。その音はどこまでも透明で掴み所のない音だった。才野木はまた深く一礼をしてから歩を進めた。

才野木が探していたものは何も見つからなかった。果てしなく遠いものと、果てしなく漠としたものを抱えて、才野木は堂を後にしたのだった。

川沿いの道をのぼって嵐山についた。まだ時間がある。

才野木は渡月橋の袂の、あの茶店に入った。いつかここで川面に流れる風の音に心を奪われているとき、よし乃がタクシーから降りてきたことを思い出したのだ。

茶店から見る川面の景色は、そのときと同じだ。だが今日の流れる風は深い秋の風だった。心を澄ませて聞けばやはり音がある。

連山の間近に迫った木枯らしの予兆を運ぶ音もある。きらびやかな人生を思わせる音もある。限りなく儚い人生を教える音もある。それらは透明で、掴み所のない音ばかりだった。

才野木に観音菩薩像の後ろから聞こえてきた音が思い出された。

そのとき、茶店の前でタクシーが止まった。あのときと同じだ。開いたドアから下ろした裾がはためいて色香が漂った。降りてきた和服姿の女は凛として隙も無い。よし乃だった。

才野木が入り口に出て手を上げる。よし乃は直ぐに気がついた。

「待っていて、下さったのですか？」「ん」

「まあ、お優しいこと。……わたくしもいただこうかしら」

まだ時間も早い。よし乃も桜餅とおうすを頼んだ。あのときは、店の老婆の作務衣姿が古びた机や椅子と釣合って妙に味わい深く感じたものだったが、今日の才野木にはなぜかうら寂しく思えた。

「聞こえるか？」「何が、ですの？」

「聞こえないだろうな」「？」

才野木は、よし乃にはこの風の音は聞こえないだろうと思った。よし乃が何のことかと訊き返すこともなかった。静かな時間が、ゆっくりとした川面の流れとともに過ぎていった。

「そろそろ、行くか？」

「……ええ」

渡月橋の袂から船は出た。流れに逆らって進む船は、実にゆっくりと進んで行く。後ろに流れる岸の木々を見ていると、その速度がよく分かる。それはじれったくなるほどだったが、このゆっくりした変化が妙に才野木には味わい深かった。

山荘は、背にした山々も、渓流を挟んだ岸の木々もことごとくが紅葉していて、まるで五色にうずもれているような感じだった。

「まぁ！　なんて、綺麗なのでしょう」

よし乃は窓を開け放って、山あいの秋の夕暮れの、冷ややかな風を入れながら感慨深そうに渓流と木々の紅葉を眺めた。

山荘は才野木にとっても心に深い宿である。由紀と忍んだ宿でもあり、よし乃によって由紀から引き離された宿でもあり、よし乃との隠れ宿にもなった宿である。

「お茶はどうだ？」才野木は仲居が淹れた茶を啜った。

「……ええ」よし乃も対座して同じようにして茶を啜った。

平日の中日だけに客は他にいないようだ。そう言えばいつ来てもここは静かな時間を用意してくれている。

「どうだ、食事まではまだ時間がある。今日も一緒に部屋の風呂に入らないか？」才野木の願望である。まだ浸ってみたい味なのだ。

「……ええ」

才野木は浴室の窓を開け放った。もう外は夕暮れて、木々の紅葉も薄墨がかかって見える。二人は湯に浸かって、山裾の暮れて行く景色を眺めた。外から覗き見される心配はない。浴室もまた外と同じほどに暮れている。

「よし乃、立って見せてくれ」

よし乃は才野木の求めが、咄嗟には分からなかったようだ。才野木はもう一度言った。よし乃は、少し照れながら頷くと、両手で覆いながらゆっくりと湯の中に立った。

窓を開け放しているお陰で浴室の空気は澄んでいる。薄暮れた中でもその滑らかさが見て取れる。うなじに巻いたほつれ毛が、熟れた裸身の妖艶さを助長している。才野木の心が疼く。

「よし乃、……手をとってくれないか」

才野木の言葉を聞いて、よし乃に羞恥の躊躇が浮いた。

「いいじゃないか、二人だけなんだから……」

「もう若くはないのよ、このくらいになさって」よし乃はこの求めには応じなかった。

座卓に向かい合った頃には、すっかり日は暮れて、紅葉のそれらしさを窺うこともできなくなった。墨絵のような木々と渓流のさまが、微かにそれを思わせるだけである。

二人は伏見の酒をゆっくりと注ぎ合った。

よし乃に、ほんのりと朱が滲んできた。襟筋には数本のほつれ毛が巻いている。才野木は、目の前のこの熟れた躰と、本当に別れることができるだろうかと、今さらに自分の心に問うたのだった。

よし乃にしても同じだ。本当に別れるつもりなのか、本当に別れることができるのか、とも思った。才野木は冷酒を舐めてから言った。

「よし乃、本当に、最後にするつもりなのか？」

「……、ええ」

更に才野木が訊いた。「別れられるのか？」「……、ええ」

更に才野木が訊いた。

「よし乃、別れるとしても、逢いたくなったら逢えるのか？」

「……」

「どうなんだ？　逢えるのか？」

「それでは……お別れしたことにはならないでしょう」

「たまには、の話だ。……一時的な男と女の関係もあるだろう」

実に低俗な失言だった。よし乃にも、よし乃の躰にも惚れている。別れるとなればその全てが未練となる。この未練を断ち切ることができるだろうか——才野木のそんな真情から出た失言だった。

よし乃の言い分に一旦は理解もし、同意をしたものの、真情からしても欲求からしても、別れそのものが才野木には遠くて不自然なのだった。

よし乃が注ぎ口を差し出しながら言った。

「そんなに、わたくしのこと、未練がありますの？」

「……ん、ある、いまは」

「いまは」ということは、「このタイミングでは」という意味もあるが、「いまの若さには」という意味も含んでいる。言外には先は何とも言えないという意味も含んでいる。

よし乃は優しく微笑んだ。

「それでも嬉しいわ」

「…………」

女に対する未練は男の哲学も人格も失わせてしまう。それに気づいた才野木が含んだ冷酒は、巡る血を止めてしまいそうなほどに苦かった。

三十三間堂の菩薩に戒められたときのことが、才野木の頭に甦ってきた。そのとき、どこからか吹いてきた風に何かを感じたのだったが、あれは自分の心にあるエゴを戒める風だったのだ。才野木は自分の中にある、よし乃に対する執着の色が次第に抜けていくのが分かった。

才野木は思い直した。男は男らしくあらねばならない。品性を失ってはならない。よし乃に対しては特にそうでなければならない。よし乃の意を受け入れようと、岡崎の家で心を決したことを再び思い返したのである。

「よし乃、分かった。悪かった」

「いいえ、いいの。本音が聞けたような気がして、むしろ嬉しかったわ」

「その代わりと言っては何だが、思いが残らないようにしたい」

「……ええ、わたくしも」

その夜は延々と、越えては甦り、越えては甦って、互いに求め合った。その貪欲さに嫌悪も感じないではなかったが、ただただ堪能したかったのだ。疲労困憊したころ、もう夜は白みかけていた。

＊

ほんの少し眠ってから、朝食の膳についた。よし乃が才野木の顔を見て微笑みながら言う。

「祥之さん……眠そうよ」そう言う、よし乃の目も腫れている。

味噌汁は喉を通っても二人ともに食欲は出なかった。それほど疲労困憊しているのに、過ごした仄明かりの夜のことが甦ってくる。あんな夜を過ごしたのに、まだ未練は消えていなかった。

「よし乃」「……はい」

「もう一泊する、と言うのはどうだ？」

「ええ、……そうしましょう」

才野木は直ぐフロントに電話を取った。部屋はこのままでいいと言う。二人の連泊は決まった。

朝食を済ませてから、溜まっている疲労を押して二人は秋の里に出た。あだし野を歩いた。竹林を抜けて、大河内山荘から常寂光寺に出た。前にも歩いた道だ。

常寂光寺の境内の紅葉は、透明な真紅に燃えていた。音もなく燃えていた。紅葉がこんなに透明に燃えることを才野木は初めて知った。まさしく境内は真紅が透明に燃えている空間だった。

遥かな歴史を刻んだ石段を、上る時も、下りる時も、よし乃は燃える真紅に溶けて流れる歴史の今の一点になった。寺門に立ったとき、才野木は歴史の哀しいまでの一点に生きる女を見た気がした。

落柿舎を巡って、竹林の中の蕎麦屋で昼食をとった。それから、そろそろと竹林を抜けて渡月橋に戻った。

船で戻り着いた山荘の部屋で、二人は少しの午睡を取った。才野木とよし乃は、こうして一歩一歩、まるでページを閉じるかのようにして、別れのための手順とも言うべき心の段階を踏んでいったのだった。

＊

翌日の朝は、貼り付いていた疲労感が更に厚くなって、つのり上げてくるような未練を自覚することはなかった。別れの実感も伴わなかった。

時間の流れに乗って訪れた京都駅での別離は、近い内にまた逢えるかのような感覚の中で訪れたのだった。だが別離の瞬間は違った。

「本当に……本当に、ありがとう、ございました」

列車の先頭がホームに入ってきたとき、よし乃は才野木に一言だけそう言った。目は血に染まっている。

才野木はこの駅で由紀も見送ってきた。だが由紀を見送る情感と、よし乃を見送る情感とは違うのだった。同じ別離でもその惜別の痛みが違うのである。

由紀との別離は、若く、長い時間の中の一点での別離だった。よし乃との別離は、女として満たされてこなかったものを満たしてやれたとは言え、切ない残りの時間に生きる女との別離なのである。あの魅惑の肉体を持ったまま、いまが潮時なのだと言う女との別離なのである。それは、おそらくこれから先の人生において、男と情を通わせることはないに違いない女との切ない別離でもあった。

列車が動き始めたとき、激しい衝動が才野木を突き上げた。「よし乃っ」思わず才野木の心が叫んだ。

新幹線の最後尾の赤いランプは瞬く間に才野木の視界から消えていったのだったが、それは由紀との関係も、よし乃との関係も、まるで夢想の世界であったかのような気さえ才野木に起こさせた。

京都の街は暮れかけていた。影絵のような低い街並みの中に、東寺の五重塔だけが黒く抜きん出て見えた。

その五重塔だけが動かしがたい確かなものを感じさせた。

エピローグ

年末だった。何かの拍子に、妻の手文庫にしまってあった一通の封書が才野木の目にとまった。美しい女文字の手紙である。才野木はどこかで見たことがある字体のような気がした。裏を見た。目をみはった。妻に宛てた、よし乃からの手紙だった。


ごめん下さいまし。

師走を迎えられて、さぞかしご多忙のことと存じます。本日はかかる件につきまして、お詫びと心からの感謝を申し上げるべく筆をとりました。

その節は東京までお出かけ下さり、「お嬢様のためにも、お嬢様を傷つけないようにして、主人と別れさせて欲しい。本来は夫婦の間で決着をつける問題なのですが、そうすれば角が立って後戻りできなくなる気がして、こうしてあなた様におすがりするのです。お嬢様のためにもお力をお貸しくださいませんか……」と、優しく耳に入れて下さった言葉がいまだにはっきりと記憶に残っております。

色々な経緯はありましたが、以前にご報告いたしましたように、娘もそれ相応に結婚いたしまして子供にも恵まれ、こんにちでは健やかに主婦として過ごしております。

また、大阪にお伺いしてお願いをさせていただきました、厚かましい私ごとにつきましても、三年間の経過をいただいて、先月ご主人様との関係も清算させていただきました。お恥ずかしいことこの上なく、また恥知らずとも言うべき厚かましいお願いでございました。

その時のぶたれた頬の痛みも、はっきりと心に残っております。思い返し振り返っては赤面し、身の縮む思いでございます。どうかお許しくださいませ。

お耳にされることすら汚らわしいことでしょうが、わたくしといたしましてはご主人様をお慕いする心の内を、如何ともしがたかったのでございます。また秘めて、蓋をして生きて参りました女としての心身の空白もまた如何ともしがたく、本当に、本当にご迷惑をおかけいたしました。心からお詫び申し上げます。

これで女としての人生を納得して、これからの残る人生を、思い出を支えに生きて参りたいと存じます。当然のこと奥様のお立場では、わたくしが思い出を支えにすること自体が許せないことでございましょう。本当に申し訳ございません。どうかお許し下さいませ。

末筆でございますが、わたくしの身の上話にも、心の苦悶にも、優しいまなざしでお耳を傾けて下さいましたこと、心から感謝申し上げたいと存じます。
かかるいきさつに関してお礼を申し上げるのも失礼なことではございますが、どうしてもわたくしの人生をかけて、感謝だけは申しげたかったのでございます。奥様にとりましては、娘のことでも、わたくしのことでも、きっと傷つかれたことでございましょう。本当に申し訳ございませんでした。
このお手紙を最後にさせていただきますので、母娘のことどうぞお忘れ下さいますようお願い申し上げます。
向寒のみぎり、くれぐれもご自愛くださいますよう心からお祈り致しております。
かしこ
師走二十日
岡崎よし乃

「…………」手紙を読み終えた才野木に言葉はなかった。

◇

その年を越した正月、才野木は会社宛てに届いた由紀からの年賀状を受け取った。家族の写真が印刷されてあった。

岡崎の家で見たあの子どもを中心にして、二人目の子どもを抱いた由紀夫婦と、よし乃が語りかけるような表情で写っていた。


その翌年の正月も才野木は由紀からの年賀状を受け取った。やはり家族の写真が印刷されてあった。

由紀夫婦とその前に立つ二人の女の子。

そして真ん中の椅子に、乳飲み子を抱いたよし乃が写っていた。


そして、その翌年の正月も、才野木は由紀から同じように年賀状を受け取った。やはり写真が印刷されてあった。

幼子を抱いたよし乃と、左右に立った女の子の肩に手を添えた由紀の五人が並んで写っている写真である。

そして才野木はハッと気づく。切れ長の眼をした幼子がよし乃にそっくりであることに……。

さらに才野木は気づく。岡崎由紀と姓が戻っていることにも……。

本作品は全てフィクションです。登場する人物名・施設名・団体名、等は全て架空のもので実在のものとは関係ありません。

■著者プロフィール

藤恵 研（ふじえ けん）

1943年（昭和18年8月18日）岡山県に生まれる。

製薬会社人事部勤務を経て、1969年より大阪市にて事業経営し、2013年に引退する。

2015年から執筆を開始。

現在、兵庫県川西市に在住し執筆中。

著書『北摂の神々』（2020年10月 浪速社）『風が見えた日から奇跡が』（2022年2月 浪速社）

恋々歌
この愛を許してもらえるでしょうか…

2023年12月19日　第1刷発行

著　者　藤恵研《ふじえけん》

発行者　太田宏司郎

発行所　株式会社パレード
　大阪本社　〒530-0021　大阪府大阪市北区浮田1-1-8
　TEL 06-6485-0766　FAX 06-6485-0767
　東京支社　〒151-0051　東京都渋谷区千駄ヶ谷2-10-7
　TEL 03-5413-3285　FAX 03-5413-3286
　https://books.parade.co.jp

発売元　株式会社星雲社（共同出版社・流通責任出版社）
　〒112-0005　東京都文京区水道1-3-30
　TEL 03-3868-3275　FAX 03-3868-6588

装　幀　藤山めぐみ（PARADE Inc.）

印刷所　中央精版印刷株式会社

ISBN 978-4-434-33044-5　C0093